うちの巫女にはきっと勝てない

神奈木 智

幻冬舎ルチル文庫

JN264455

C O N T E N T S ✦目次✦

うちの巫女にはきっと勝てない

✦カバーデザイン＝吉野知栄（CoCo.Design）
✦ブックデザイン＝まるか工房

イラスト・穂波ゆきね✦

うちの巫女にはきっと勝てない

1

ああまたか、と心の中で嘆息する。

心身が極度に疲弊している時、麻績冬真《おみとうま》には決まって見る夢があるのだ。まだ刑事へ転職する前で、外資系の商社へ入って一年目の秋口の出来事だった。

『麻績くん、ご実家から電話があったわよ。幾《いく》らかけても、携帯に繋《つな》がらないからって』

『実家から？』

大口の取り引きをまとめ、社に戻ってきた冬真へ同僚の女子社員が伝言を告げにきた。数ヶ月の根回しを経た契約が取り付けられるかどうかの重要な場面だったため、あらかじめ携帯の電源は切っていたのだ。そのまますっかり失念していたことに気づき、「すぐ連絡が欲しい」という義母《はは》からのメッセージに困惑した。

『なんだろ。勤務中に珍しいな』

『よほど重要な用件なんじゃない？　とにかく、早く連絡してさしあげて』

彼女の顔つきから察するに、義母の様子はかなり深刻だったようだ。促《うなが》され、心なし緊張を覚えつつ、冬真は携帯電話を掴《つか》んで廊下へ出た。

何も知らないからって、いい気なもんだ。

幾度も同じ夢を見ているので、この場面になると必ず自責の念に悩まされる。あの日、どうしてすぐ携帯の電源を入れておかなかったのか。そうすれば、少なくとも一時間は早く義母と話ができたはずだし、病院にだって即行で駆けつけることができたのに。

妹の冬美《ふゆみ》が理不尽な痛みと恐怖に晒《さら》されている間、呑気《のんき》に商談成立の喜びに浸っていた自分を冬真は今でも許せていない。

『――冬美っ！　義母《かあ》さん、冬美はっ？』

当時小学五年生だった妹は、父と再婚した相手との間に生まれた異母妹だ。年が離れている分可愛くて、冬真はもとより彼女は一家のアイドルだった。

『冬真さん、来てくれたのね。今、手術中なのよ。私も病院から呼び出しを受けて、まだ何が何だかちっとも……。他にも運ばれてきた子がいるし、警察も来ていて私……』

『警察の方は、俺が対応する。義母さんは、冬美に付いててやってくれ』

『何でなの』

冬真の顔を見て気が緩んだのか、気丈に振る舞っていた義母が不意に声を震わせる。手術室前の廊下は異様な緊迫感に満ち、扉の赤いランプが床へ不吉な影を落としていた。

『どうして、あの子が刺されなきゃならないの。ねぇ、あの子は何も関係ないわよね？　ただ、ピアノを習いに行ってただけじゃないの。それなのに、どうして……ッ』

『義母さん……』

今にも膝《ひざ》から崩れそうになりながら、義母は正気を失ったように『何故《なぜ》？』をくり返す。

冬真は急いで彼女を支えると、できるだけ優しく長椅子へ座らせた。動揺し、混乱しているのは自分も同じだったが、せめて父親が到着するまで冷静でいなくてはならない。だが、冬真自身、閉じた扉の向こうで生死の境をさ迷っているのが妹だとは認めたくなかった。

冬美は、通っていたピアノ教室で事件に巻き込まれた。

若く美しいピアノ教師をストーキングしていた男が、刃物を持って乗り込んできたのだ。彼は目につく生徒たちに片っ端から切りかかり、教室はたちまち騒然となった。結局、ピアノ教師は全身を十数か所メッタ刺しにされて絶命、幼い生徒も数名犠牲になった。

『冬美……』

畜生《ちくしょう》、と夢の中で冬真は拳《こぶし》を握り締める。

逃げようとして背中を刺され、脊椎《せきつい》を傷つけられた冬美は、一命は取り留めたものの車椅子の生活を余儀なくされた。現在もリハビリを続け、僅《わず》かずつ回復はしているが、再び歩けるという保証はない。それでも、彼女は絶望をせずに毎日を前向きに頑張っている。

あの事件から、三年が過ぎていた。

犯人はすぐに捕まり、今も裁判で係争中だ。弁護士は心神喪失を訴えたが、子どもが被害者になっているだけに世論は厳しく、一審二審共に死刑の判決が出ている。

だが、悪夢は再生し続けていた。

くり返されるたびに、憎悪の輪郭が鮮やかになっていくのを冬真は感じる。そうして、胸の奥がひんやりと冷たくなり、何かを憎むことで己《おのれ》の心がすり減っていく錯覚を覚える。

いや、多分それは錯覚なんかではない。

冬美が昔の笑顔を取り戻すまで、自分は決して憎しみから解放はされないだろう。

「……ま。とうま……」

「ん……」

「冬真……おい、冬真。どうした、大丈夫か？」

「ん……え……？」

「…………」

「葵《あおい》……」

揺り起こされ、半ば朦朧《もうろう》としつつ開いた瞳に、恋人の咲坂《さきさか》葵の顔がアップで映る。相変わらず綺麗だな、と眼鏡を外した素顔を眺め、冬真は深々と安堵《あんど》の息をついた。

「引っ張り上げてくれたのか……ありがとな、嫌な夢を見てた」

「嫌な夢……」

「ああ。だけど、目が覚めたら天国だ。葵がいるんだから」

「……大袈裟《おおげさ》だな。うなされていたから、起こしたまでだ。隣でいきなり呻《うめ》き声がしたら、誰でも驚いて起こすに決まっている」

「また、そんなつれない言い方をして」

上半身を起こし、澄ました表情の葵へくすりと笑みを返す。素直じゃない物言いも可愛げのない態度も、微《かす》かな怯《おび》えを浮かべた瞳が見事に裏切っていた。恐らく、口で言っている十倍は心配してくれたに違いない。

そういえば、と冬真は感慨深く思った。

葵との出会いも、思えば事件絡《がら》みだったっけ。

冬美の事件の数ヶ月後、冬真は会社を辞めた。思うところがあって国家公務員I種試験を受けて警察庁入りし、キャリア族の研修として警視庁の捜査一課に配属されたのだが、そこで担当した連続殺人事件で禰宜《ねぎ》である葵と知り合ったのだ。だが互いの第一印象は最悪で、葵はいきなり頭ごなしに冬真を叱り飛ばし、その後もなかなか打ち解けてくれなかった。

(まぁ、あれは完全に俺が悪かったんだけど。境内《けいだい》で喫煙しちゃったしな)

冬真にとって、葵の存在は強烈だった。初めこそ腹が立ったが、眼鏡越しの眼差《まなざ》しが涼やかだったとか、一見地味だが意外に美形だとか、会うたびに嫌でも魅力が目についた。そうして、いつしか彼に恋情を抱いている自分に気がつき困惑した。

（無理もないよな。生まれてこの方、男に惚《ほ》れた経験なんかなかったんだから）

我ながら、よくぞ口説き落とせたものだと思う。冬真同様、葵も同性を恋愛対象に見る性的指向はなかったからだ。思わぬ味方が現れ、役に立ったかどうかわからない援護射撃をしてくれたが、まさか両想いになれるとは思わなかった。

だが、紆余曲折《うよきょくせつ》を経た現在、今や自分たちは蜜月の真っ最中だ。

（いや、蜜月って思ってるのは俺だけ……だったりして）

ちらりと視線を送ると、上目遣いで様子を窺《うかが》っていた葵はたちまち目を逸《そ》らす。ほんの数時間前までは情熱的に愛し合っていたというのに、甘い嵐が過ぎ去ればこの通りだ。夏に気持ちを確認し合って約八ヶ月、冬真の部屋で肌を重ねた回数はそれなりだが、葵の中ではまだ現実と上手《うま》くバランスが取れていないのかもしれない。

「なぁ、やっぱり慣れないか？」

「え？」

さらさらの黒髪を、指先で軽く触れながら冬真が問う。

「やんちゃな弟たちに、嘘をついて外泊することだよ」

「あ……ああ、なんだ……そっちか」

「どっちの話だと思ったんだ？」

「うるさい。食いつくな」

耳たぶまで赤く染め、葵が険しい声で睨《にら》んできた。裸眼だとよく見えないのか、微妙に焦点が合っていない。きつい表情の中、そこだけ隙《すき》を見せているのが妙に色っぽかった。

（……とか言ったら、今度は拳が飛んできそうだなぁ）

葵は冬真より一つ年上で、二十七歳になる。実年齢より見た目は三、四歳ほど若いが、そこそこの恋愛経験くらいはあるだろう。外見だって悪くはないし、国立T大を出て一時は弁護士を目指していたこともあるくらいだ。本人さえその気になれば引く手あまただっただろうし、もしかしたら真剣に将来を考えた相手がいたかもしれない。

それなのに、いつまでたってもこの初心《うぶ》な反応は……と、冬真はいつも苦笑を覚える。あからさまに揶揄《やゆ》したりはしないが、とても年上とは思えない。

「弟たちには、もう今更という気がしなくはないが……」

髪に触れる冬真を拒《こば》むでもなく、葵は渋々と口を開いた。

「それでも、なかなか開き直って麻績のところへ泊まるとは言い難《にく》い」

「まぁ、そうだろうな。陽《ひなた》と木陰《こかげ》はともかく、親の目もあるし」

「いい年をして、と思うだろう？　俺も、いい加減どうにかしたいとは考えているんだ」

小さく溜《た》め息《いき》をつき、そのまま力を抜いて冬真へ凭《もた》れ掛かってくる。不器用な葵なりの、精一杯の甘え方だ。きっちりボタンを留めたパジャマの洗いざらしの香りが、いかにも彼らしかった。

「焦《あせ》らなくていいって」

右腕を回して肩を抱き寄せ、冬真は屈託なく答える。

「葵の両親が何かと心配するのは、それなりの理由があってのことだ。そのことは、俺も理解できる。大体、外泊って言ったって俺たちそうそう都合が合わないんだし」

「それは仕方がないな。麻績の仕事は年中無休だ」

「だから、あんまり気にするな。いずれ時期が来たら、ちゃんと……」

「ちゃんと？」

何を言う気だと問いかけるように、真《ま》っ直《す》ぐな視線が向けられた。今度はかなりの至近距離なので、眼差しには曖昧《あいまい》さの欠片《かけら》もない。葵は学生時代、弓道の名手だったそうだが、まさに的を射貫《いぬ》く力強さに満ちていた。

「そう睨むなって。つまり、いつかはちゃんと打ち明けようぜ。俺たちは恋人同士で、真面目《まじめ》に付き合ってますって。……なんか、中学生に戻ったみたいなセリフだな」

「打ち明けるって……身内に……か？」

「ああ。おまえの弟たちは知ってるから別として、いつまでも隠してはおけないだろ？」

「…………」

ある程度は葵も覚悟していたのか、予想していたほど大きな動揺はない。だが、生真面目《きまじめ》な彼が返答に窮しているのは、曇った表情からすぐにわかった。

「いや、もちろん今日明日って話じゃないから」

切り出すタイミングを間違えたかと、慌てて冬真はフォローに回る。互いの予定がなかなか合わず、実に三週間ぶりの逢瀬だった。そんな夜に、気まずい空気は作りたくない。

「俺が言いたかったのは、どうやったら葵が後ろめたさを感じないでいられるかってことだけで……ほら、おまえ神職だろ。隠し事のある生活は負担だろうし……」

「……そうだな。正直、晴れ晴れとしているとは言えないな」

「だろ。禰宜のおまえにとっては、単なる秘密以上の問題だと思ってさ。だから、俺の方はいつでも構わない。葵が〝今だ〟と感じる時がきたら、すぐに相談してくれ」

「麻績……」

それきり言葉に詰まったのか、葵は再び俯《うつむ》いた。だが、冬真には彼の考えていることが手に取るようにわかる。生来の気性から隠し事は好かない気持ちと、どこまで正直になれば周囲を傷つけないで済むかと憂う気持ち。その狭間《はざま》で揺れているのだ。

ふと、冬真は先ほど見ていた夢を思い出した。

妹を襲った理不尽な犯罪。月日は過ぎ、表面上の傷は癒えても、あの日を境に自分の中で百八十度変わってしまったものがある。それは、日常が一瞬で崩れ去るという認識だ。今日の続きが明日になると、何の疑いもなく信じていた頃にはもう戻れなかった。

だから、尚更、葵が愛《いと》しい。

彼が腕の中にいる奇跡に、冬真は慣れることがない。

「葵、おまえが好きだよ」

「何だ、唐突に」

冬真の囁《ささや》きに、面食らったように葵が言った。寄り添う体温が上昇し、薄闇でも彼の目元が仄《ほの》かに染まるのがわかる。

「実は、俺がさっき見ていた悪夢には原因があるんだ。自分で、よくわかってる」

「原因……？」

「一つは、昨日まで関わっていた殺人事件の捜査が難航していたこと。お陰で、おまえと二人きりで会うのは三週間ぶりだ。正直、めちゃくちゃ疲れてた」

「もう一つは？」

すかさず問い返され、冬真は抱き締めた右手に力を入れ直した。

「三月に入ったから、来週にも人事の発表がある。そろそろ一課を離れろと、お達しが来るかもしれない。地方の警察署へ出向になれば、一時的とはいえ引っ越さないとならないし」

「引っ越し……そうか、警察官は異動が多かったな」

「ああ。研修なら二〜三ヶ月単位の異動も珍しくない。俺みたいに、一課だけに一年近くも留《とど》まっていられたのは異例だと思う」

「そうしたら、俺と麻績は……」

言いかけた言葉を急いで呑《の》み込み、葵は表情を引き締めた。口にしても詮無《せんな》いことだと、己を戒めたのだろう。そんなに頑《かたく》なにならなくても、と冬真は愛おしく思い、できるだけ明るい口調で先を続けた。

「うん、遠距離恋愛ってことになるな」

「………」

「さすがに、俺もちょっと不安でさ。それに、遠方になったら冬美の様子も見に行けなくなるし。そんなこんなが重なって、嫌な夢を見たんだと思う」

「俺のことなら、大丈夫だぞ」

短いが、揺らぎのない声で葵が言った。

「麻績を選んだ時から、あらゆる困難は覚悟の上だ。さっきのカミングアウトも仕事の異動も、乗り越えるのは容易じゃないだろう。でも、少なくとも俺の気持ちは変わらない。どれだけ波風が立っても俺は麻績を信じていられるし、麻績だって……」

「葵……」

「だから、おまえは冬美ちゃんのことだけ心配していろ。あの子は、お兄ちゃん子なんだろう？　陽や木陰が、ヤキモチを焼いていたぞ。冬真のせいで、自分たちが彼女の眼中に入らないって。あいつら、何かと冬美ちゃんを取り合ってるからな」

気がつけば、葵の両手がしっかりと冬真の左手を包み込んでいる。息がかかる程の距離からこちらを見つめ、彼は柔らかく微笑《ほほえ》んだ。

「俺も、麻績が好きだ。おまえが悪夢にうなされていると、俺も悲しい。一朝一夕で癒せる傷でないなら、せめて今みたいに何でも弱音を吐いてくれ」

「……ああ」

「約束しろよ？」

「わかった……ありがとう」

深く頷《うなず》きながら、（幸せだ）と思った。

葵は、冬美の事件を冬真がずっと引きずっていることを知っている。妹を襲った運命への憎悪を抱え、時に不安定になる胸の内を誰よりわかってくれているのだ。

それは、葵が冬美と同じく犯罪の被害者だからという事実も大きい。彼自身、自分の身に振りかかった暴力から完全には立ち直っていなかった。けれど、葵の魂には濁りがない。そのことが、冬真には何よりの救いに思えた。

「おまえや冬美が前向きなのに、俺ばかり過去に捕《と》らわれてみっともないな」

反省の意を込めて、冬真も微笑み返す。左手を包む温《ぬく》もりが、「大丈夫」という葵の言葉を強く裏付けていた。

「けど、葵の一言で安心した。もし離れるようなことがあっても、俺たちは変わらない。そりゃ淋《さび》しくはなるけど、気持ちはもっと強くなる気がする」

我ながら、青臭いセリフだと気恥ずかしい。けれど、それが偽らざる冬真の本音だった。遠距離恋愛など経験がなく、上手くいくはずがないと決めてかかっていたが、相手はこうと決めたら呆《あき》れるほど一途《いちず》で頑固な性格なのだ。きっと持てる限りの『誠実』を、迷わず自分へ向けてくれるに違いない。

「安心しろ、麻績」

葵は覇気に満ちた声音で、きっぱりと言い切った。

「おまえが日本のどこへ異動になろうが、俺はずっとここにいる。高清水《たかしみず》神社で、禰宜として自分の務めを果たしているから。何しろ、うちは建立《こんりゅう》されてから千年の歳月を変わらず過ごしてきた社《やしろ》だ。それを思えば、一年や二年の別離なんて大した問題じゃない」

「それはまた、スケールの大きい話だな」

冬真は苦笑したが、代々高清水神社を守ってきた直系の人間だけに、葵の言葉には説得力がある。いつでも戻れる場所があると思えば、別れの辛《つら》さも半減しそうだった。

「ま、正式に異動の打診があったわけじゃない。今からくよくよ考えても、仕方がないな」

「そういうことだ。まったく……麻績がおかしなことを言い出すから、目が冴《さ》えてきたじゃないか。見ろ、もう午前三時だぞ」

溜め息混じりに呟《つぶや》いて、葵が恨めしげな目つきになる。冬真のマンションと高清水神社は徒歩でも十分圏内だが、早朝の境内や拝殿、神殿等の掃除があるため、葵はいつも午前六時には出て行くのだ。つまり、あと三時間しか一緒にいられない。

「あー……ごめんな。今からでも、少し寝とくか」

「…………」

「葵？　どうした？」

「……目が冴えたと言ってるじゃないか」

ボソリ、と発せられた一言に、思わず冬真は耳を疑った。

「え、あれ？　なぁ、それってつまり……」

「うるさいな」

怒ったように遮《さえぎ》ると、いきなり葵が顔を近づけてくる。彼から仕掛けてくるなんて滅多にないことなので、不覚にも冬真はまともに唇を奪われてしまった。

「おっ、おい……っ」

「何だ？　いつも、麻績がやってることだろう？」

「そ、そうだけど」

「じゃあ、文句言うな。大体、おまえが変なことを言い出すから……」

半ば逆ギレのように詰め寄られ、冬真はようやく得心がいく。口では頼もしいことを言っていても、やっぱり葵も不安は感じていたのだ。羞恥《しゅうち》に染まった瞳で睨まれ、こみ上げる愛おしさに思わず彼を抱き締める。

「おい、麻績っ。くるし……」

「好きだよ、葵」

嬉《うれ》しさの余り、他に言葉が浮かばなかった。同じ感情を共有している幸福と、普段は受け身の彼が求めてくれた喜びに、自然と口元が緩んでくる。お陰で、冬真を悩ませていた悪夢はすっかり遠ざかっていった。

「葵、好きだ……」

「……ん」

〝好き〟を連呼され、どうにも居たたまれない様子で渋々と葵が返事をする。冬真の胸に半分埋めた顔は、照れ臭さに火照《ほて》っていることだろう。

そのままゆっくりと押し倒し、熱く濡《ぬ》れた吐息を絡め合う。

唇を重ね、深く吸い上げると、組み敷いた身体《からだ》が僅かに跳ねるのが可愛かった。冬真は丁寧に口づけながら、右手で器用に葵のボタンを外していく。滑《なめ》らかな肌はすでに上気し、待ち侘《わ》びるように指先へしっとりと馴染《なじ》んだ。

「続けてだと、辛くないか……？」

耳たぶを甘噛《あまが》みしながら、一応尋ねてみる。ここでダメだと言われても止められそうにはなかったが、やはり受け入れる葵の負担は自分よりも遥《はる》かに大きい。

「葵、我慢するなよ？　俺は、どうしても挿《い》れたいってわけじゃ……」

「露骨な言い方するな、このバカ」

「バカって、俺はただおまえの身体をだなぁ」

「嘘だ。おまえ、俺に言わせようとしているんだろう？」

いくぶん声を潜め、警戒心も露《あら》わに言い返された。誤解だ、と思ったが、言われてみればそんな気持ちがなかったこともない。少し低めの遠慮がちな声音で、葵が戸惑いながら、せがむところを想像したら、それだけで冬真の体温は急上昇した。

「もういいから」

少し焦《じ》れたように言い捨てると、葵は自ら冬真の背中へ両手を回す。

「麻績の好きなようにしていい」

「葵……」

「いつも、そう言ってるじゃないか。いちいち確かめるな」

ああもう、とでも付け加えそうな口調に、狼狽《ろうばい》ぶりがよく伝わってきた。自分から誘って今の事態を招いたことを、彼は少しだけ後悔しているのかもしれない。だが、身体は正直なもので、冬真の触れた場所からどんどん快楽に潤んでいくのがわかった。

「麻績……あまり焦らすな……」

困ったように、葵が溜め息をつく。身内に燻《くすぶ》っていた愛撫の余韻が、新たな刺激ですぐさま燃え出したようだ。先ほどの会話で生まれた不安が、更に煽《あお》っているのは明白だった。

「わかった。……なるべく慎重にする」

「余計なこと言うな」

またも怒られたが、すでに語尾は蜜の響きを帯びている。冬真の重みを感じ、互いの体温が重なっただけで、葵の感覚はこんなにも艶《つや》を増すのだ。頑なで色気も皆無だった出会いの彼を思えば、同じ人間なのが不思議なくらいの変化だった。

「愛している、葵」

宝物に口づけるように唇を寄せ、目を閉じた葵をうっとりと見つめる。

夜明けまで数時間。

どれだけ愛し合っても足りないなぁ、と冬真は幸せな愚痴《ぐち》を漏《も》らした。


冬真を含む大方の予想を裏切って、人事から『捜査一課残留』の通知がきたのは、葵と話をした翌々日のことだった。おまけに、役職も警部補から警部へ昇進だ。何かの間違いではないかと、ぬか喜びになるのを恐れて上司の蓜島蓮也《はいしまれんや》警視正へ確認したが、決定事項だよと笑顔で肯定されてしまう。それでも戸惑いを隠せない冬真へ、蓜島は「まぁ、座って」と応接セットのソファへ促した。

「あの、でも仕事が」

「M町のスナック店長殺害事件は、先日めでたく犯人を検挙したんだろう？　まぁ、いいから少し話していったら。時に、葵は元気でやってるかな？」

「はぁ……」

心地好《よ》い旋律で、室内を低く流れるクラシック。無駄を排しながら簡素な印象はなく、部屋の主である蓜島そのものの品良く落ち着いた調度類。

三十歳という若さで異例の出世をし、末は局長か警察庁長官か、と実《まこと》しやかに噂される切れ者な上司は、実は葵の大学時代の先輩でもある。そのせいか、冬真との会話にはたびたび意味ありげな含みを持たせることも多かった。

（いや、でも気のせいだよな。蓜島課長は、俺と葵が恋人同士だとは知らないはずだし）

指導係としてコンビを組んでいる先輩刑事、矢吹信次《やぶきしんじ》には話してあるが、彼と蓜島は一課内でも有名な犬猿の仲なので、矢吹から漏れたという可能性もゼロだ。第一、実直で気の好い人情刑事の彼は、迂闊《うかつ》に他人の秘密をバラすような男ではない。

「麻績くん、腑《ふ》に落ちないって顔をしているね？」

少しも弾まない会話に、くすくすと蓜島が笑みを零《こぼ》した。優美で上品な美貌は、常日頃から矢吹が「いけ好かない」と毒づいている彼の武器だ。無害な外見と穏やかな口調で周囲を煙《けむ》に巻きつつ、蓜島は己の出世街道を驀進《ばくしん》しているらしい。

「仕方がないな。ここは、腹を割って話そう。君を一課に留めたのは僕だよ」

「蓜島課長……」

「ああ、〝やっぱり〟って顔になった。まぁ、君を僕が子飼いにしたがってるなんて噂もそこはかと流れているようだし、麻績くんも予想はしていたんじゃない？　でも、決して悪い話ではないはずだ。もちろん、いつまでもってわけにはいかないけど……キャリアの君は、いずれどこかの署長に就任して、経歴に肩書きを増やしていかないといけないからね」

「………」

眼鏡越しの瞳は、あくまで柔らかだ。けれど、蓜島が見た目通りの人間ではないと、冬真は直感でわかっていた。悪人ではないし、好きか嫌いかで問われれば「嫌いじゃない」と答えるが、しかし何を考えているのか読めないので油断はできない。

「子飼いって言うと聞こえは悪いけど、もうしばらく一課で頑張ってくれるかな？」

「え、いや、それは願ってもないお話です。俺、一課の仕事にやり甲斐を感じていますし、矢吹さんから教わりたいこともまだまだたくさん……」

「矢吹くん……ね」

「え？」

意味深に反芻《はんすう》され、何の気なしに問い返す。すると、蓜島は一瞬虚《うつ》ろになりかけた視線を慌てて戻し、素早く微笑を取り繕った。こんな彼を見るのは初めてで、冬真は少なからず面食らう。何かまずいことでも言ったかな、と訝《いぶか》しんだが、理由を思いつくよりも先に蓜島が口を開いた。

「ごめん、ちょっと最近疲れ気味なんだ。とにかく、君と矢吹くんはなかなかコンビの息も合ってきたようだし、これからの活躍を期待しているよ」

「……はい」

「君がいると矢吹くんの暴走の歯止めになるし、矢吹くんの熱さは現場の人間を知る上で勉強になると思う。まぁ、もういい年なんだから落ち着けとも思うけど。麻績くんは、いずれ彼の上司になる人材だ。のめり込みすぎないよう、個人的な付き合いはほどほどにね」

「…………」

蓜島にしては、余計なひと言だ。わざわざ言わずに済むことを口にするなんて、懸命な彼らしからぬ失態だった。冬真は忠告を聞く気などないし、これまでの言動から蓜島だって充分承知しているだろう。

「それじゃ、失礼します」

ソファから立ち上がり、一礼して課長室を辞そうとする。その背中へ「麻績くん」と、再び声をかけられた。振り返った冬真に数秒の間を置き、蓜島はにっこりと唇を動かす。

「葵に、よろしく言っておいてくれる？　近々、連絡するかもしれないから」

「え……」

「仕事に戻っていいよ。これからも頑張って」

反問を封じるように、さっさと会話は切り上げられた。仕方なく冬真は部屋を後にし、廊下へ出るなり疲れたように嘆息する。異動を免《まぬが》れた安堵感と最後の葩島のセリフが交差し、なんだか手放しでは喜べない気持ちだった。

「よぅ、警部補殿……あ、いや今日から警部か。昇進と居残り決定、おめでとさん」

「矢吹さん……」

雑然とした一課へ戻るなり、待ち構えたように矢吹が冷やかしてくる。ノンキャリア組の九歳上のベテラン刑事で、肩書きは万年巡査部長のバツイチ男だ。仕事にまい進する余り奥さんに愛想を尽かされ、幼い娘とはろくに面会もさせてもらえないのが目下の悩みらしい。独り身を体現するような安物のスーツに剃り残しの無精ひげ、だらしないシャツはすでにトレードマークになりつつあるが、刑事としては尊敬すべき点を幾つも持っているのも事実だった。

「で、どうだった。キツネとの密会は首尾よく済んだか？」

よくまぁここまで、と呆れるほど散らかした机にだらしなく肘《ひじ》を突き、彼はひらひらと右手を振って見せる。

「何ですか、キツネって。葩島さんのことなら、密会なんて大袈裟ですよ」

「けど、あの男が人事に噛んでんのは間違いねぇだろが。麻績、おまえは本当にこれでいいのか？　異動は面倒でも、後々の出世を考えりゃ……」

「前にも言ったじゃないですか。俺は、偉くなりたくて転職したんじゃないって」

　矢吹の隣は、冬真の席だ。彼が溜め込んだせいで今にも雪崩《なだれ》を起こしそうな書類の山に顔をしかめ、冬真は座った回転椅子をくるりと彼の正面へ向けた。

「確かに、出世は魅力ですよ。けど、今じゃなくてもいいんです」

「それは……そのぅ、つまりアレか」

「アレ？」

　言い難そうに口ごもる矢吹に、わざとわからない振りで尋ね返す。

「アレって何ですか。はっきり言ってくださいよ」

「麻績、おまえなぁ……性格悪いぞ」

「今更なこと言わないでください。俺のこと、キャリアの坊ちゃん扱いしてたくせに」

「おまえが、新人のくせに可愛げがねぇからだろっ」

「新卒じゃあるまいし、可愛いって年じゃありませんからね」

「く……ッ」

　口で敵《かな》わないのは毎度のことだが、矢吹は心底悔しそうだ。苛《いじ》めるのもこれくらいにしておくか、と胸で笑いを堪《こら》え、冬真は改めて口を開いた。

「心配してくれて、ありがとうございます。でも、本当にいいんです。ホッとしました。齟島さんにも言ったけど、俺、まだ矢吹さんと組んで仕事がしたいし」

「お？　おお、まぁ……そりゃ、そうだろ。うん、当然だよな。うんうん」

「蓜島さんは〝いい年なんだから落ち着いてほしい〟って、矢吹さんのこと言ってましたけどね。でも、あの人も昔は研修で矢吹さんと組んだことがあるんでしょう？　そのせいか、俺に言っていましたよ」

「……何て」

「矢吹さんの熱さは、現場の人間を知る上で勉強になるって」

「…………」

すかさず悪態を吐《つ》くのではないかと覚悟して話した冬真は、矢吹がそのまま黙り込んでしまったことに内心驚く。彼は複雑な様子で眉根《まゆね》を寄せ、だるそうに頬杖《ほおづえ》を突いたきりしばらく沈黙を続けていた。まったく、先ほどの蓜島といい今日はどうしたんだろう。

（矢吹さん……？）

何か、と目で窺ってみたが、矢吹は気づかないようだ。どこを見て何を考えているのか、日頃の陽気な彼とはまるで違う雰囲気にかける言葉が見つからなかった。

（やっぱり、この人たちの間には何かあったのかな）

現場の叩き上げとエリートキャリア、水と油ほど住む世界の違う二人。

しかし、相手のプロフィールだけで他人を毛嫌いするような狭量な矢吹ではない。確かに蓜島は食えない人間だが、彼のやること為すことに矢吹が噛みつく姿には、嫌悪ではなく苛《いら》立ちを以前から強く感じていた。

「さっき矢吹さんが言ってたアレって、葵のことですか？」

「へ？」

「俺が、遠距離恋愛になるのを避けられて安心してるって言いたいんでしょう？」

蓜島との確執は、無理に追及したところで仕方がない。冬真は話題を変え、彼の物思いには気づかない振りをすることにした。

「そういえば、蓜島さんって葵の先輩なんですよね。昔、あの人のお父さんの弁護士事務所で葵が働いていたこともあるし、けっこう仲が良かったんですかね」

「なんで、俺にそんなこと訊《き》くんだよ」

「いえ……課長室を出る時、意味深な感じで〝葵によろしく〟とか言われたんで」

「あいつ、また何か企んでやがるのか……」

何か情報が得られるとは思っていなかったが、意外にも矢吹の表情が変わる。彼は頬杖をやめておもむろに立ち上がると、冬真の肩をポンと叩いた。

「おまえ、昼までは書類書きだろ。ちょっと喫煙エリアまで付き合え」

「え、俺はもう禁煙したんで……」

「そうじゃねぇよ」

苦虫を嚙み潰《つぶ》した顔で、矢吹がこそっと顔を近づけてくる。

「蓜島の話、してやる」


葵の実家でもある高清水神社は、閑静な住宅街に位置するこぢんまりとした神社だ。昔は辺り一帯の地主でもあったようだが、長い歳月の間に残念ながら敷地は縮小してしまった。

両脇《りょうわき》に建売住宅の並んだ参道を数十メートル歩き、五十余段の階段を上りきると、いきなり別世界のように清浄な空間が広がるのはそのためだ。

右手に小さな神楽殿《かぐらでん》、左手には竜が水を吐く手水舎《ちょうずや》とご神木の楠《くすのき》。背後を鎮守の杜《もり》に囲まれた木造の質素な拝殿が奥に位置し、その裏には祭事以外は立ち入りを禁じている神殿
——それら全てが、地域の住民に愛されると同時に敬われてきた。

近所の人々は幼い頃は境内で遊び、近道として通り抜け、あるいは散歩の途中に気軽に参拝へ訪れる。九月の秋祭りでは神楽殿で巫女《みこ》が舞い、初詣の際は甘酒が振る舞われ、四季を通じてこの土地を見守ってきた神社と住民の絆《きずな》は深かった。

「こんにちは、鈴木《すずき》さん。足の調子はいかがですか」

「ああ、葵ちゃん。お陰さまで、最近はあったかくなってきたから」

「そうですか、どうかお大事にしてくださいね」

昼食を終えて、境内の掃除に出てきた葵は顔見知りの参拝客に声をかける。平日の日中はさほど人の出入りも多くなく、のどかな静けさが特に心地好かった。

——と。

白衣《びゃくえ》にしのばせていた携帯電話が、着信してバイブに切り替わる。葵は素早く周囲を見回したが、先ほどの参拝客も立ち去って今は自分しかいないようだ。ホッとしてフリップを開くと、冬真からのメールが来ていた。

「麻績……」

いよいよ、人事の発表があったのだろうか。

逸《はや》る鼓動を押さえつつ、もどかしい気持ちで本文へ目を走らせる。用件のみの短いメールだったが、結果をすぐに知らせてくれたのは有難かった。

「そうか」

葵は、しばらく画面を見つめた後で小さく息をつく。浅黄色の袴《はかま》を穿《は》いた禰宜姿に携帯電話はずいぶん不似合いな小道具だったが、今だけは持っていたことを感謝した。

「異動はなかったのか……」

フリップを閉じて衣装の内へしまうと、自然に呟きが零れる。ほんの数日前、離れても気持ちは変わらないと盛り上がって口にした自分を思い出し、今更のように恥ずかしくなってきた。けれど、やはりこれからも近くにいてくれると思うと素直に嬉しい。

「葵兄さま、何をニヤけているの？」

「こら、木陰。野暮なことを訊くんじゃありません」

「野暮？　なんでさ、陽？」

「恋する男がニヤける理由なんて、一つしかないからでーす」

「あ、なーるほ……」

「おまえたち」

いつものように、悪ノリされてはたまらない。会話が弾む前にと、葵は冷ややかに弟たちを睨みつけた。だが、弟と言っても耳の下で切り揃《そろ》えたおかっぱ頭と巫女装束なので、どこからどう見ても今の彼らは女の子でしかない。

華奢《きゃしゃ》で小柄な美少女二人。

千年続く高清水神社の歴史上でも、恐らく最初で最後の女装巫女たちだ。

「人の顔をどうこう言う前に、買い物は済んだのか？」

「もっちろん。はい、神饌《しんせん》用の干菓子！　お花は、後で届けてくれるって」

「神主さんと禰宜さんによろしくってさ。オマケしてくれたよ」

恒例の説教に続かなかったので、二人はあからさまに安堵している。一度始まってしまうと、三十分はその場から動けなくなるからだ。それなら怒られないように言動を慎ましくしていればいいのに、彼らはどうも葵にちょっかいを出さずにはいられないらしい。

「おまえたち、どうして巫女姿で買い物なんか行ったんだ？」

「だって、こっちの格好《かっこう》だと商店街のサービスが違うんだもん」

「そうそう。皆、喜んでくれるしさぁ。すごいよ、僕と木陰の人気。モスの前を通ったら、女子高生のお姉さんたちに〝きゃー〟とか言われちゃった」

「陽、調子に乗って手なんか振ってたもんな」

「木陰だって、差し出されたハンカチに筆ペンでサインしたじゃないか」

「お、おまえたち、そんなことしていたのかっ？」

思わず血相を変えた葵を見返し、二人は「嘘に決まってるじゃん」と笑い転げる。無論、直後に脳天へ拳骨《げんこつ》を食らったのは言うまでもなかった。

「まったく……兄をからかって……」

可愛げがあって憎めないのは事実だが、どうにも扱いに困る連中だ。

一卵性双生児の陽と木陰は、葵の年の離れた弟だ。生意気で口の達者な彼らは、幾ら渋い顔をして見せても女装巫女をやめようとしない。正確には一度だけ諦《あきら》めかけたのだが、ご近所でも評判が良いため年齢的に限界が来るまで続行することになったのだ。

「だが、祭事のない時まで巫女でいろとは言ってないぞ」

元から女装には反対の葵は、受け取った品を抱えて溜め息をつく。

「去年のような騒ぎが起きたら、今度こそ兄さんは巫女の格好を禁止するからな」

「わかってるって。でも、サービスしてもらえるならその方がいいでしょ？　うち、歴史はあるけど貧乏神社なんだからさぁ。地元の皆さんには、贔屓《ひいき》にしてもらわないとね」

「そうそ。僕と陽の巫女アイドル化計画は崩れ去っちゃったし、地道に頑張らないと」

「………」

言い返す気力も尽き、葵はがっくり肩を落とした。いや、確かに二人の言っていることはあながち間違いではない。しかし、だからといって中学生の弟たちにそこまで心配させるのは長男として実に情けなかった。

（やっぱり、俺がしっかりしていないからだろうか……）

無邪気に商店街での人気ぶりを報告する二人は、もともと女装が趣味なわけではない。二年ほど前に冗談で仮装した姿を母親が気に入ったのと、当時は葵が精神的に落ち込んでいたこともあって、空気を明るくしようと彼らなりに考えた結果だった。まさか、周囲にこんなに受けるとは本人たちも想像はしていなかっただろう。

（わかっている。陽も木陰も、高清水神社を盛り立てようと一生懸命なんだ。長兄の俺がいつまでも頼りないから、その分も気を張っているに違いない）

気が付けば竹箒《たけぼうき》に寄りかかり、葵は深々と溜め息をついていた。それこそ氏子《うじこ》さんにでも見られたら、言い訳のできない姿だ。

（麻績は異動を免れたが、もし俺と離れたとしても迷わず仕事に打ち込んだだろう。あいつは理想を抱いて刑事という仕事を選んでいるし、真っ直ぐ信じた道を歩き続けている）

それに比べて俺は……と、また気分が沈んでしまう。禰宜という神職に就き、毎日の務めも真面目に果たしているつもりだが、葵にはどうしても消えない引け目があった。自分は、望んで禰宜になったわけではないからだ。

（弟たちも両親も、そのことはよく知っている。俺は、それが情けないんだ）

冬真の妹と同様に、葵も犯罪の被害者だ。冬美の場合と違って被害者側に死人は出なかったが、犯人は犯行後に投身自殺するという最悪の結末だった。

（……くそ。あんなことさえなかったら……）

今でも冬真が悪夢を見るように、葵も恐怖の記憶に捕らわれることがある。

大学に在学中から弁護士になるのが夢で、卒業後は先輩である蓜島の紹介で彼の父親が経営する大手の弁護士事務所へパラリーガルとして就職をした。実地で勉強しながら、近い将来は司法試験を受ける計画も立てていたのだ。それを一瞬で壊したのが、事務所で担当した依頼人絡みの事件だった。ＤＶ夫との離婚を望む妻と逆上した夫との間に入った葵は、夫から逆恨みされ、無理心中に巻き込まれて重傷を負った。

傷の後遺症で国内有数の選手だった弓も続けられなくなり、事務所にも居づらくなって逃げるように退職をした。引きとめられはしたが、必要以上に依頼人の事情に踏み込んだ結果だということは誰より葵自身がよくわかっていたからだ。

（本当に一瞬だった。強烈な痛みと恐怖、その後はわけがわからなくなって……意識が戻った時には全てが百八十度変わっていた。俺は弁護士の夢を諦めて、家業を手伝う形で禰宜に専任することにしたんだ……）

もともと休みには神主の父親を助けるため、禰宜の資格だけは取っていた。事件後はあまり人にも会いたくなかったし、渡りに舟の仕事だと思ったのだ。けれど……――。

「葵兄さん？　大丈夫？」

「顔色が真っ青だよ。貧血じゃない？」

ふと気づくと、可愛い顔が二つ、不安そうに自分を見上げていた。左目の下に小さな泣きぼくろがあるのが木陰、ないのが陽。それ以外は瓜《うり》二つの彼らは、サラウンドのように左右から「大丈夫？」をくり返している。

「あの、ごめんね。僕たちがふざけてたから……」

「すぐ着替えてくるよ。掃除もする。だから、兄さんは奥で休んでて」

「……大丈夫だよ」

できるだけ優しく微笑み、かわるがわる小さな頭を撫《な》でた。考えてみれば、今日は中学の創立記念日で木陰たちは休みなのだ。それなのに友達と遊びにも行かず、家の手伝いをしてくれているのだから説教より褒めてやるべきだった。

「心配かけたな、ごめん。ちょっと考え事をしていただけなんだ。それより、麻績からメールが来てた。春の異動もなしで、しばらくは引っ越す必要はないそうだ」

「ほんと？　やったー」

「じゃあ、お祝いしないとね！」

双子たちも「警察に異動が多い」という話は、以前に冬真から聞いている。おまけに葵よりも先に彼と親しくなったくらいなので、人事の話題には気を揉《も》んでいたようだ。手を取り合って「やった。やった」とはしゃぐ様子は冬真にも見せてやりたいほどだった。

「これで冬美ちゃんとの橋渡しが頼めるね、木陰」

「当然だろ。ハンサム刑事《デカ》も、そろそろ僕たちに恩返ししてくれないとね、陽」

「遠くに行っちゃったら、援護射撃してもらえないもんなぁ」

「そうそう。僕たちがいかにボーイフレンドとして優秀で適任か、彼女にさりげなく吹き込んでくれなくちゃ。できれば、実況スタイルで」

「……ちょっと待ちなさい」

下心まるだしの会話に、ほのぼのしていた気持ちが引き潮のように失せていく。二人が冬美に気があるのは知っているが、神聖な巫女姿で口にして見逃せるような内容ではない。

「なんだ、その欲望に満ちた発言は。おまえたちは、仮にも巫女なんだぞ！」

「木陰、今の聞いた？　葵兄さんが、とうとう僕たちを……」

「巫女だって認めた！　敗北宣言だ！」

「そういうことを言ってるんじゃないっ！」

境内に響き渡る怒号が、すぐさま双子を直撃する。

それから一時間にわたって、彼らは葵の説教を延々と聞かされる羽目になったのだった。


「へい、いらっしゃーい」

居酒屋の自動ドアが開いた途端、たちまち景気の良い声が店中から出迎える。駅裏の賑《にぎ》やかなチェーン店は、前にも矢吹が冬真を連れてきてくれた場所だった。

「あ、矢吹さん。ご無沙汰だったじゃないですかぁ」

「悪い、悪い。年末年始と殺人的忙しさでな。気がついたら桜の季節になっちまった」

「こちらの男前さんも、今後ともご贔屓にお願いしまーす」

「ど、どうも」

おしぼりを持ってきた店員の若者は、矢吹の来訪が心から嬉しそうだ。なんとなく既視感に捕らわれて、冬真は複雑な思いで愛想笑いを浮かべた。

（あれから、もうずいぶんたつんだよな……）

去年、初めてこの店へ来た時に接客してくれた『よっちゃん』こと立花佳史《たちばなよしふみ》は、おみくじ連続殺人事件の犯人として一審で無期懲役を言い渡されている。検察側の要求は死刑だったが、心神喪失の可能性は無視できないという裁判官の判定だった。面会に行った矢吹の話によると、控訴はせずに刑を受け入れるつもりらしい。審議の是非はともかく、彼の更生を誰より願っていた矢吹には大きな傷になっただろう。

「……ったく。喫煙エリアに向かった直後に呼び出しかよ。嫌がらせかってんだ」

とりあえず生、と二人分勝手に注文し、矢吹が大雑把《おおざっぱ》におしぼりで顔を拭《ぬぐ》う。女性には即行で引かれそうな行為だが、何故だか彼がやると妙な愛嬌があって憎めなかった。

「今日の蔻島課長、何となく様子が変でしたね」

「ああン？」

「いつもなら、矢吹さんが嫌みを言ってもさらっとやり返してくるのに。今日は、完全にスルーだったじゃないですか。いよいよ、相手にもされなくなったんですかね」

「麻績ぃ……」

「なんですか？」

「てめぇは、少し口の利き方ってもんを覚えろっ」

ムッとしつつも、矢吹にも思うところはあるようだ。

結局、蔻島の話をしてやる、という件は緊急逮捕で連行されてきた容疑者の取り調べに忙殺され、一言も先へ進んではいなかった。そこで退庁後に誘われたというわけだが、まさか『よっちゃん』のいた店に来るとは思わなかった。

「まぁ、俺はそういう矢吹さんのタフなところが好きですけど」

「うるせぇな。照れるだろ」

「いやマジで。何度面会を断られても、諦めずに娘さんへアタックしてるとことか。一度、携帯電話で別れた奥さんに思い切り罵倒されてた声も丸聞こえだったけど、矢吹さん全然めげてなかったし……」

「……もういい」

運ばれてきた生ビールのジョッキをぶっきら棒に掲げ、投げやりに「お疲れさん」と呟いて一口呷《あお》る。どこから見てもくたびれた中年男そのものだったが、矢吹の目だけはどんな時でも力を失っていなかった。冬真はそういう彼を密かに尊敬し、同時に突いてみたくもなるのだが、そろそろ悪ふざけもここまでにした方が良さそうだ。

「矢吹さん、蔀島さんの何を知っているんですか？」

「あ？」

「俺、ちょっと気になるんですよね。あの人、俺と葵がただの友人じゃないってわかっているんじゃないかと思って。でも、そんなの確かめようがないし」

「まぁ、勘の鋭い男だからな。禰宜さんが学生時代から同性愛者だってんなら、ピンと来ても不思議はない。けど、そうじゃないんだよな、確か？」

「多分。俺を受け入れてくれたんだから素養はあったかもしれませんが、少なくとも本人に自覚はなかったろうし、それは俺も一緒です。だから、何だか腑に落ちなくて……」

冬真との会話では何かにつけて意味ありげに葵の名前を出す、その真意が知りたかった。

あるいは、これは軽い嫉妬だろうか。葵の方はともかく蓜島は彼を後輩として可愛がっていたようだし、弁護士事務所で起きた事件を機に疎遠になり、その間に急接近した冬真が面白くないのかもしれない。

「それは、ありえる話だな」

串カツとポテトサラダ、カクテキにモツ煮込みととりとめのない料理を追加注文し、おまえも何か食え、とメニューを差し出しながら矢吹は言った。

「蓜島な、澄まし顔でお上品ぶってるが、実際はすんげぇ我の強い男なんだよ」

「すんげぇ……ですか」

「ああ。おまけに自分が誰より優秀なことも理解している、かなりのエゴイストだ。生温《なまぬる》い笑顔に包んでるだけで、周りは皆バカばかりだとか本気で思ってるぞ」

「…………」

そこまで言うか、と思ったが、真っ向から否定する気にはなれない。蓜島が相当な自信家であり、同時に野心家でもあることは冬真も薄々感じていた。ただ、彼のようなエリートコースに乗ったキャリアは、大なり小なり誰もが強い上昇志向を持っている。エゴイストは、何も葩島だけに限ったことではないのだ。

「いや、あいつは特別だよ」

半ば独り言のように、ボソリと矢吹が呟いた。いつの間にか、手元のジョッキはあらかた空になっている。冬真は自家製さつま揚げと一緒に、矢吹のお代わりを店員へ頼んだ。

「昔、葩島が研修で一課へ来た時、あいつは俺に言ったことがあるんだ」

「矢吹さんに？　何をですか？」

「……〝将来、俺が使えそうな人材って矢吹さんくらいなんですよ〟だとさ」

「え……」

それは、あまりに予想外な言葉だった。いろんな意味で冬真は絶句し、矢吹は言ったそばから気まずそうに渋面を作る。だが、どんなに意外で信じられなかったとしても、葩島がその言葉を口にしたのは恐らく事実だろう。第一、矢吹が嘘を吐く理由がない。

「俺、ちょっと噂を耳にしたことがあります。葩島さんは新人研修の頃、一課で矢吹さんとコンビを組んでいて……けっこうウマが合っていたって」

「ウマ……なぁ……」

「でも、本当だったんですね。正直、今のお二人からは想像できないですけど……」

「葩島は、変わっちまったんだよ」

溜め息混じりに、矢吹がポツリと吐き出した。それはどういう、と思わず乗り出しかけた時、注文した品がドカドカとテーブルへ運ばれてくる。矢吹は愛想よく店員へ礼を言い、先刻とは打って変わったご機嫌な顔でいそいそと割り箸を手に取った。

「まぁ、食えよ。ここの料理は、家庭の味がするぞ。俺もおまえも縁がねぇからな」

「余計なお世話ですよ。……いただきます」

「あ、言っておくが割り勘な？」

「わかってますよ」

苦笑して料理を口へ運ぶと、確かに懐かしい味がする。とは言え、冬真の生母は中学生の頃に亡《な》くなっているし義母は洋食が得意な人なので、これが『単なる田舎料理』なのか『家庭の味』なのかはわからなかった。

「一度だけ、蔀島も連れてきたことがあるんだ」

二杯目のジョッキを片手に、矢吹は言った。

「それこそ、よっちゃんが働いてた頃より以前だな。俺はギリギリ三十手前で、あいつはまだ警察庁入りして2～3年の若造でピカピカしてやがった。生意気で可愛げがなくて偉そうで……着任して五分でノンキャリ組に嫌われてたな。そういうところは、麻績も似てるか」

「失礼だなぁ。俺、今はそうでもないですよ。誰かさんの影響で」

「蔀島は、結局そのまんまだった」

「…………」

「異動になる日まで一度も先輩を立てず、澄ました顔で毒を吐いてたよ。もっとも、奴の言うことはいつも正論だった。見栄や立場や権力や……そういう余計なもんのために捜査が後手《ごて》に回ったり、余計な被害者を出したり、そんなことばっかりだったからな。無能な上司は責任を取りたがらないし、ノンキャリの連中は成り上がるのに目の色を変えている。無論、そんなバカばっかりじゃないが、蓜島はウンザリしていたんだ」

まるで、蓜島のことは誰よりよくわかっている、と言わんばかりの口ぶりだ。内心、冬真は非常に驚いていた。過去の蓜島は自分の知らない人間のようだったし、矢吹と彼は顔を合わせれば嫌みの応酬ばかりで、お世辞にも好意を抱いているとは思えない。

「あの、でも……」

口ごもる冬真へ、矢吹がくっくと喉《のど》を鳴らして笑った。

「麻績の言いたいことは、わかってるよ。今の蓜島だって、そういう連中とあんまり変わらないんじゃないかって思ってるんだろ」

「いや、そこまでは。蓜島さん、木陰が誘拐された事件でも便宜を図ってくれたし」

「てめぇが組織で有利になるよう、ちゃんと計算した上でな」

「…………」

皮肉っぽい言い方だったが、それは冬真も否定できない。だが、結果的に木陰は助かったのだし、全てが蔀島の計算の上で行われたとは思いたくなかった。

「俺は……責任問題に発展していたとしても、やっぱり蔀島さんは木陰を助けてくれたと信じたいです。あの人は何を考えているか読めないけど、そこまで悪人じゃないと思う」

「麻績……」

残りのビールをいっきに呷り、冬真は長く息をつく。もし矢吹が言うように蔀島が変わったのだとしたら、原因が必ずあるはずだ。心当たりはないのだろうか。

「心当たり？　さぁなぁ。実際、あいつと組んでいたのは半年程度で、すぐに他部署へ異動していったしな。その後は何だかんだ忙しくて、最後に連絡を取ったのは……」

「取ったのは？」

「……もう五、六年も前のことだ。結婚したってハガキを送った。そうしたら、意味のわからん返事寄越しやがって……それきりだったな。実質、付き合いがあったのは数ヶ月ってことになるか。そうか、その程度だったんだな……」

最後の方は、ほとんど独り言に近かった。今初めて気がついた、というように矢吹は呆然とし、それからしんみりした表情になる。彼は侘《わび》しそうに割り箸を手にし、冬真の前に置かれた自家製さつま揚げをひょいと摘《つま》んだ。

「そんでもな、蔀島が警視正になって一課へ戻ってくると聞いた時、俺は嬉しかったんだ。ようやく、あいつとまた仕事ができる。そう思って、柄にもなくわくわくしたよ。けど、あの男はしらーっとした笑顔で〝やあ、矢吹くん。これから、よろしく頼むね〟とか他人行儀に言いやがって。そんで、課長室へこもりっきりだ。気障《きざ》なクラシックなんかかけて、実際の指揮は部下に任せきり。現場の刑事から上がってくる報告書に目を通して、ハンコを押すだけのつまんねぇキャリアになっちまった」

「でも、それは仕方がないんじゃないですか。蓜島さんの立場じゃ、簡単に現場へは出られませんよ。指揮系統も乱れるし、地回りの刑事たちも良い顔はしないでしょう」

「わかってるんだよ、そんなこた」

やんわり異を唱えた途端、嚙みつくように言い返される。

「けどな、だからこそ俺を使うんじゃなかったのかよ？　そりゃ、こっちは相変わらず巡査部長のまんま出世もしねぇで刑事やってるさ。エリート中のエリートのあいつから見りゃ、うだつの上がらないおっさんだろうよ。でもな、俺は……」

「矢吹さんは、立派な刑事ですよ」

「へ」

遮るように断言すると、矢吹は目をパチパチとさせた。気負いを削《そ》がれて面食らっているのが、手に取るように伝わってくる。冬真は居住まいを正し、きちんと正面から彼を見返しながらもう一度言った。

「矢吹さんは、尊敬できる立派な刑事です。俺、異動の話がなくて嬉しかったのは、何も葵と一緒にいられるからってだけじゃありません。もう少し、矢吹さんと組んで仕事がしたいと思っていたからです。昼間もそう言ったじゃないですか」

「お……おいおいおい。何だよ、おだてたって何も出ねぇぞ？」

「〝うだつの上がらないおっさん〟って点は、特に否定はしませんけどね」

「あのなぁっ」

人が感動しているのに、余計なひと言でぶち壊すな。そう毒づいて、矢吹は店員へ三杯目のジョッキを注文する。冬真はくすくす笑って、自分もお代わりを頼むことにした。深酒はあまりしないことにしているが、今夜はひっそり祝杯をあげたい気分だった。

「あの、一つ気になっていることがあるんですが」

新しいジョッキがきたのを機に改めて乾杯をし、冬真は我慢できずに切り出してみる。

「結婚報告のハガキ、麓島さんへ送ったんですよね」

「ああ？」

「意味のわからん返事って、一体何て書いてあったんですか？」

麓島ならば、冠婚葬祭の類《たぐい》はソツなくこなしそうなものだ。それだけに、尚更興味が湧《わ》いたのだが、聞かれた矢吹はあからさまに返答に困っている。一体、どんな返事がきたと言うのか、冬真にはまるきり見当がつかなかった。

「あのー……なんつうか、ホレ」

「はい」

言い難そうに口を開いた彼へ、神妙な態度で次の言葉を待つ。やがて覚悟を決めたのか、いかにも決まりが悪そうに矢吹はボソボソと呟いた。

「〝あなたはバカだ〟――とか何とか」

「はい？」

「だから！　わけわかんねぇって言ってんだろっ。いや、もしかしたら蓜島は俺の離婚を予感していたのか？　そんで、バカだと？　いやいやいや、まさか……」

「矢吹さん……」

質問したのはこちらだが、さすがに何と返していいのか冬真にもわからない。

蓜島の返事はあまりに斜め上をいっていて、どんな心境でそんなことを書いたのかまるきり想像できなかった。まして、冬真は本音を微笑に隠して策を練る、食えない彼しか知らない。あの優美な男から「バカ」なんて単語を、どうやれば引きずり出せるのか。

「とにかく、今の蓜島を俺は好かん！　そういうことだ！　……あ」

話を無理やり終わらせようとして、ハタと矢吹の顔つきが変わった。そもそも、この話題を振ってきたのは自分だと思い出したのだろう。

「なぁ、麻績。俺のことはともかく、ちょっと気をつけた方がいいぞ」

「どういう意味ですか？」

「蓜島の野郎、やたらと意味深に禰宜さんの名前を口にするんだろ？」

「…………」

そうだった。もともと、そこが引っかかって矢吹に話したのだ。ええ、と頷くと、矢吹は容疑者を吟味《ぎんみ》するような表情で付け加えた。

「だったら、絶対に何か動きがあるぞ。単なる冷やかしじゃねぇと思え」

2

異動なしのメールを葵へ送った数日後、久しぶりに定時で上がった冬真は寄り道をして高清水神社へ向かった。春の兆《きざ》しは日差しにも顕著で、だいぶ陽が伸びたなぁと夕暮れの空を仰いで胸で呟く。それでも、あと一時間もしないで夕闇に包まれてしまうだろうが、夜と夕方の境目に浮かぶ境内はなかなかに風情があって好きだった。

「物騒なことを言うんだな、おまえは。逢魔《おうま》が時《とき》じゃないか」

ダメ元で電話をかけてみたら、ちょうど手が空いていたとかで禰宜姿の葵がすぐに奥から出て来てくれた。相変わらず地味な眼鏡に愛想のない佇《たたず》まいだが、もはや冬真の目には世界で一番愛おしい姿にしか見えない。むしろ、そうやって目立たずに人目を惹《ひ》かないでいてくれた方が安心するというものだった。

「あのな、葵。人がせっかく情緒的な話をしてるんだぞ。もう少しロマンのある答えはできないのかよ。大体、日が暮れた境内に魔が出るわけないだろ。一応、神域なんだから」

「へぇ、少しは勉強しているんだな」

「そりゃあ、初対面でいきなり怒鳴られたからな、誰かさんに」

嫌みたっぷりに返すと、葵はムッとした様子で睨みつけてくる。そんな顔をすれば逆に冬真を喜ばせるだけだと、本人だけがわかっていないようだ。

「神域だけに、魔物を引き寄せるという場合もある」

「え？」

突然何を言い出すんだと、笑って言い返そうとする。だが、葵は真面目くさった表情で一歩距離を詰めると、ひっそりと声を低めて囁いた。

「麻績は、テレビの心霊特集とかで観たことがないか？　神社の鳥居に写る霊の顔とか、おかしな物音がどこからか聞こえてくるとか」

「お、おい。なんだよ、急にマジ顔で変なこと言い出して」

「救いを求めて清浄な気に惹きつけられる、そういう場合もあるそうだ」

「…………」

いつの間にか周囲は薄闇となり、拝殿前に置かれた灯籠《とうろう》に仄かな明かりが灯《とも》される。参拝客の気配もなく、ご神木の楠の天辺でカラスが不吉な鳴き声をあげた。一陣の風がしめ縄を揺らし、鎮守の杜が巨大な影となって枝葉がざわりと波を打つ。

「葵、おまえ本気で……」

「あーっ！　ハンサム刑事じゃん！」

「ぎゃーッ」

突然、背後から何者かにぶつかられ、反射的に大声が出た。慌てて振り返った先で、葵の双子の弟たちが目を白黒させている。二人とも巫女姿ではなく詰襟《つめえり》を着ていたので、学校帰りだと一目でわかった。

「何、今の声……」

「僕、耳がキンキンするよ……」

二人は顔を見合わせてから、おそるおそる冬真へ視線を戻す。どうやら葵と立ち話をしているのを見かけて、いつもの調子でふざけてきたのだろう。彼らから駆け寄ってタックルをかまされるのは、何も今が初めてじゃなかった。

「わ、悪い……ちょっとタイミングが……」

恥ずかしさに消え入りたくなりながら、懸命に冬真は言い訳に努める。よりにもよって、葵の前で失態を演じたのが痛恨の極みだった。しかも、元凶となった葵は人の気も知らないで笑っている。おまえなぁ、と文句が出かかったが、あまりに楽しそうに笑っているので何となく怒る気が失せてしまった。

(ま、いいか。葵が声を上げて笑い転げるなんて、滅多に見られないしな)

禰宜として己を律している面もあり、葵は大きく喜怒哀楽を表へ出さない。けれど、彼も素顔は普通の青年だし、こうして気を緩めているところを見るとホッとした。

「あのさ、ハンサム刑事。お花見しない？」

兄の機嫌がよさそうなので、意気揚々と木陰が口を開く。そうそう、と陽も前へ乗り出して「冬美ちゃんも誘ってさ」と付け加えた。

「K公園に、桜の遊歩道があるんだよ。あそこが、あと一ヶ月で満開なんだって」

「まだちょっと先だけど、桜の名所として地元じゃけっこう有名でさ。屋台も出るし、すごく賑やかなんだよ。葵兄さんと僕たち、それから麻績兄妹でWデートしようよ」

「待て待て。なんだ、Wデートってのは。聞き捨てならないぞ」

うっかり聞き流しそうになったが、大事な妹を女装の巫女たちに委《ゆだ》ねるなどとんでもない話だ。第一、冬美はまだ中学生なんだぞ、と言いそうになって、自分が初めてデートしたのは小学生の時だったのを思い出してそこは黙っておいた。

「でも、僕たち冬美ちゃんが好きなんだもん。な、木陰？」

「そうだよ。僕たちが知ってる女の子で、彼女が一番可愛いもんな、陽？」

「ふっ。人を外見だけで判断しているようじゃ、まだまだ子どもだな」

ハナから取り合う気がない冬真は、そううそぶいて話を終わらせようとする。たちまち双子は不満を露わにし、左右から「なんでなんで」と騒ぎ出した。

「ハンサム刑事、ズルいよ！　自分ばっか、いい思いしてさ！」

「そうだよ。僕たちを利用して、葵兄さんに近づいたくせに！」

「言わば、僕たちを弄《もてあそ》んだってことだよね？　責任取ってよ！」

「誰が、葵兄さん㊙情報をせっせと流してやったと思ってんのさ！」

「ああもう、うるせぇなっ。何だよ、弄んだなんて人聞きが悪いぞ。それに、おまえらを利用したことなんか一度もないだろ。最初から、そっちがやたらと……」

そこまで言って、ハッと我に返る。

思わず挑発に乗る冬真に、葵が冷ややかな視線を注いでいた。そこには先刻の無邪気な笑みは欠片もなく、中学二年生と言い合う男を思い切り呆れ顔で眺めている。

「あ、あのな……葵？」

「――電話だ」

急いでフォローしようとしたが、あっさり背中を向けられた。携帯電話に着信があったらしく、葵は言い訳も聞こうとせずに電話に出る。そうして、会話を聞かれるのを避けるかのように砂利石を踏みながらどこかへ消えてしまった。

「あ～あ。葵兄さん、怒っちゃった」

「ハンサム刑事が、意地悪するから」

誰のせいだ、と恨めしく睨みつけたが、双子はまるで知らん顔だ。冬真はやれやれと肩を落とし、拝殿へ上がる階段へ腰を下ろした。

「まったく……逢魔が時とはよく言ったよ」

「え、何のこと？」

「おまえらに出くわしただろ。神域にも拘《かかわ》らず」

憎まれ口を叩くと、二人は一瞬キョトンとした後で同時にむう……と頰を膨《ふく》らませる。仮にも巫女に向かって『魔』とは何と言う言い草だ、と思ったのだろう。だが、カツラを取って詰襟を着ている彼らはどこから見ても少女ではない。同年代の男の子よりちょっと可愛い顔をした、細身の少年たちだ。

「こうやって見てみると……」

「ん？　なになに、ハンサム刑事」

「おまえら、最初に会った時より育ったなぁ」

何の気なしに呟いてから、遅れて実感が湧いてくる。子どもらしい言動とこまっしゃくれた物言いに惑わされていたが、今度の四月で彼らも中学三年生になるのだ。

「中三にしちゃ小柄だけど、背も伸びてるよな？」

「へへ、わかった？　僕の方が、陽より一センチ高いんだよ」

「あ、バラすなよ、木陰！　それに、あれはズルだろ。おまえが背伸びしたの、見てたんだからな。ハンサム刑事、冬美ちゃんには黙っててよね」

「言うか、そんなくだらないこと。でも、そうなると先々はやっぱり厳しいか？」

「……巫女姿のこと？」

二人同時に声を重ね、ひょいと屈《かが》んで窺ってくる。誰に言われるまでもなく、そんなのは自分たちが一番承知している——そんな顔だった。

「まぁ、どうなるかは葵兄さん次第だよね」

木陰の言葉に、隣で陽が「うんうん」と深く頷く。それは、葵が今でも反対しているという意味か、と冬真が尋ねると、意外にも揃って「ううん」と首を振られてしまった。

「そんなのは、あんまり関係ないんだ。それより、葵兄さんが迷ってることの方が重要なんだよね。僕も陽も、悪ふざけだけで巫女やってるわけじゃないんだし」

「楽しいのは本当だけど、巫女は神様にお仕えする仕事でしょ。面白半分でやったら罰《ばち》が当たるし、氏子さんたちに申し訳がないからね」

「おまえたち……」

葵の目がない場所で、双子はたまに違う顔を見せることがある。大人《おとな》びて思慮深い目は、実年齢よりも上の錯覚を覚えるほどだ。しっかりしているようで脆《もろ》いところのある葵を、弟として放っておけないからだろう。

まぁ座れよ、と促すと、二人は冬真を挟んで左右に腰を下ろす。

葵が迷っているというのはどういう意味かと、このまま訊いてもいいものか。

冬真は暮れゆく空を見上げ、微かな不安の兆しに溜め息をついた。

「どうしたんですか、電話をかけてくるなんて」

社務所の裏手には、家族の住む母屋の他、独立した小さな弓道場がある。以前は、毎日のように入り浸って練習に励んだ場所だ。葵は携帯電話を耳へ押し付け、道場の外壁に凭れてようやく口を開いた。

「木陰の事件の時は、本当にお世話になりました——蓜島さん」

『どういたしまして。でも、こちらは仕事なんだから気にしないで。あの時は、麻績くんと矢吹くんが頑張ってくれたんだし』

「蓜島さんが他部署と話をつけてくれたお陰だと、麻績から聞いています。捜査の管轄が違うから、本当はもっと解決に手間取っていたはずだと。感謝しています」

『相変わらず、葵は生真面目だね』

電話口の向こうで、空気の和《やわ》らぐ気配がする。蓜島は微笑《わら》ったようだ。彼と話す時は何となく緊張してしまう葵も、多少は構えずに会話することができた。

思えば、彼とも奇妙な縁だと思う。

大学は同じだが葵が入学した年に蓜島はすでに四年生だったし、単位はあらかた取得しているとかであまりキャンパスに現れなかった。周囲の噂では著名な弁護士である父親の跡を継ぐため、司法試験に備えているのではとも聞いたが、実際に彼が目指していたのは国家公務員I種の方だったようだ。

(蓜島さんは構内でも有名人だったけど、俺は地味な学生だったし……)

だが、蓜島は葵を知っていた。弓道の学生部門でトップランクの成績を誇り、数々の大会で優勝している姿を偶然何かの記事で見かけたのだと言う。親しげに声をかけられ、葵が弁護士志望だと打ち明けると、すぐに父親を紹介してくれた。

（でも……結局、俺は蓜島さんの好意を無にしてしまった。事務所にも迷惑をかけ、先生の名前に傷をつけてしまったんだ……）

依頼人の起こした事件は、マスコミにあることないこと書き散らかされた。中には、事務所の対応がまずかったのではと言及する内容もあり、被害者の葵がパラリーガルであることを持ち出して叩かれたりもした。正規の弁護士が依頼を担当せず、無資格の助手に任せきりにしたのではないかと憶測を呼んだのだ。

『……葵？　僕の話、聞いている？』

「え……あ、すみません。大丈夫です、ちゃんと聞いています」

つい物思いに耽《ふけ》りそうになり、慌てて葵は取り繕った。過去はともかく、蓜島が連絡をしてくるなんて珍しいことだ。きちんと話を聞かねば、と思った。

『実はね……父が亡くなったんだ』

「…………」

『ついさっき、病院で息を引き取った。心臓が悪くて入院していたんだけど、ここ一ヶ月ほど容体が思わしくなくてね。僕が見舞いに訪れた直後、呼吸困難を起こして……あっという間だった』

「先生……が……」

思いがけない報告に、血の気《け》がすうっと引いていく。逃げるように事務所を辞め、それきり何の恩返しもしないでいた蓜島の父親が亡くなったという。それどころか、病気で入院していたことすら葵はまったく知らなかった。

『……葵？　もしもし聞いている？』

「あ……はい。あの、それは……お悔やみ申し上げます……」

型通りの言葉を口にしながら、なんて白々《しらじら》しいんだ、と自己嫌悪になる。長く疎遠でいたとはいえ、他にもっと心のこもった言い方だってあるはずなのに。

葵のぎこちない返事に、蓜島は努めて事務的に先を続けた。

『それで、明日の夜にT区の徳元院《とくげんいん》で通夜がある。告別式は明後日。もし都合がよければ、父に最後の挨拶をしに来てもらえないかな。葵のことは、ずっと気にかけていたから』

「いいん……でしょうか」

『え？』

「俺は、先生に多大なご迷惑をおかけした人間です。それなのに……」

思わず本音が零れ落ち、葵はハッとして語尾を濁す。今更そんなことを言われても、蓜島も困るだけだろう。彼は儀礼的に連絡を寄越してくれたに過ぎないし、身内を亡くしたばかりで面倒な会話などしたくないに決まっている。

『葵、僕はね……』

「いえ、いいんです。告別式に伺《うかが》います。ご連絡ありがとうございました。蒄島さんも、どうかお力落としのないようにしてください。それでは」

『葵……』

これ以上余計なことを口走らないうちに、と急いで電話を切った。気がつけば鼓動は乱れ、封印していた記憶が次々と脳裏を巡っていく。

「先生……」

蒄島弁護士は検事から転職した、言わば『辞め検』で、業界に広くその手腕を知られた人物だった。有能な弁護士として各界に名を馳《は》せ、人格者として周囲から尊敬も集めていた。

一人息子の蒄島が司法の道へ進まなかった時はさすがに落胆したようだが、その分も己の興した事務所へ愛情を注ぎ、多くの人たちを法律で救ってきたのだ。葵も心の底から彼を敬い、だからこそ事件後は合わせる顔がないと思ってきた。

「戻らないと……」

自分自身へ言い聞かせ、すっかり陽の落ちた薄闇の中を歩き出す。

察しの良い冬真が、動揺する胸の内を感じなければいいが、と思った。

花見の話題は単なる思い付きではないようで、葵の戻りを待つ間、木陰と陽はかわるがわる冬真を説得しにかかった。曰《いわ》く、葵とラブラブなのは自分たちの後押しがあったればこそだ、だから冬美との仲も取り持つべきである——というのが言い分らしい。

「だって、そうでしょ。相手は、あの葵兄さんなんだよ？　普通に口説いたって、ハンサム刑事が大願成就するまでに軽く十年はかかったはずだよ」

「当然じゃん。僕と陽が、弟という立場を活用して応援したからこそ、現在の愛し合う二人が生まれたんだもん。葵兄さん、身内には甘いからね。僕たちが信用している相手ってことで、ハンサム刑事はかなり有利だったわけ」

「……別に、俺がおまえらに頼んだわけじゃないぞ」

「ふーん、そういうこと言うんだ。聞いた、陽？」

「ばっちりね、木陰。じゃあ、僕たちも考えなくちゃ」

考えるって何をだよ、とツッコんで訊こうと思ったが、きらりと光る二人の眼差しが恐ろしくて、冬真は先を聞くのがためらわれる。どうせ、この小悪魔たちはろくでもない知識を総動員して、またゲンナリさせるようなことを言い出すに決まっていた。

「ああ、そうだ。それより、葵のことだけど……」

「しーん」

「聞こえない、聞こえない」

「おい」

揃って耳を塞《ふさ》いでそっぽを向かれ、早速始まったかと内心焦る。先ほど「葵兄さんが迷ってる」と言ったセリフの意味が何なのか、できれば葵が戻ってくる前に聞きたかった。

「まいったな……」

やれやれ、と立てた両膝に頬杖を突き、リストラに遭《あ》ったサラリーマンのように途方に暮れる。確かに双子が言うように、葵との恋愛で彼らの助力は不可欠だった。何しろ、相手は呆れるくらいの堅物で、意地っ張りだわ頑固だわ融通は利かないわ、の難攻不落物件だ。その分、開き直るとこちらが驚くほど大胆な面もあるが、彼の性格上、身内に嫌われている人間を受け入れるのは困難だろうと思われた。

「おまえら、冬美がそんなに気に入ったのか？」

「気に入ったんじゃないよ、好きなんだ」

「そうそう。似てるけど、全然意味は違うよ」

左右から即答され、冬真は基本的な質問を口にする。

「でも、二対一じゃ結婚はできないぞ。将来はどうするつもりだよ」

「おっと、そうきましたか。陽、核心を突かれたね」

「結婚前提でないと、妹さんとのお付き合いは認めてもらえない、ということですな」

「何が〝~ですな〟だよ。おまえら、もっと真剣に……」

「だって、僕たちのどっちを選ぶかは冬美ちゃんの問題だもん。もしかしたら、大人になったら違う人を好きになって両方振られるかもしれないし」

「………」

あまりに正論すぎて、すぐには返事ができなかった。いつもの軽いノリで騒いでるだけかと警戒していたが、彼らは案外真面目な気持ちでいるらしい。

「冬美は……その、何て言ってんだ？」

「問題はそこなんだよね」

仕方がない、と嘆息しつつ質問すると、木陰も陽も同時に腕を組んで渋い顔になった。どうやら、熱を上げているのは彼らの方だけらしい。冬真も、彼女の口から双子が好きだとは聞いたことがなかったので、いくぶんホッとしながら「わかった」と頷いた。

「花見、やろうぜ。大きな事件が起きなかったら、だけどな。たまには、皆で出かけるのもいいだろ。冬美には俺から言っておくから、おまえらは葵に話をつけてくれ」

「ホント？　いいの？」

「陽、やったね。これからは、ハンサム刑事じゃなくて〝お義兄《にい》さん〟って呼ばなきゃ」

「おまえら、気が早い！」

調子に乗った木陰の一言に文句をつけると、二人は機嫌よくくすくすと笑う。そうして、まるで交換条件のようにひっそりと付け加えた。

「葵兄さんはね、まだ禰宜を続けていくべきかどうか迷ってるんだ」

「うん、そう。事件のことがあって、成り行きで始めたから気が引けてるみたい。それに、ひょっとしてまだ弁護士になりたいって思ってるんじゃないかな」

「え……？」

想像もしていなかった話に、冬真は大きな戸惑いを覚える。初対面から禰宜姿だったせいか、それ以外の仕事に就いている葵など考えてみたこともなかったからだ。もちろん、弁護士志望だったのは本人から聞いているが、冬真から見た彼はいつでも熱心に神職を務めていて迷いの素振りなど欠片も見当たらなかった。

「それはそうだよ。葵兄さん、自分でもわかってないと思うもん」

木陰が、いかにも（そこが問題だ）と言いたげに肩をすくめる。

「僕たちはさ、その点がクリアできればいいなって思うんだ。葵兄さん、すっごい生真面目だからさ。もっと楽になってほしいんだよね」

「そうそう。僕と陽がハンサム刑事をくっつけようとしたのも、元はと言えばそこに理由があるんだから。男の恋人なんてハチャメチャな展開が受け入れられるなら、葵兄さんは見た目よかうんと柔軟な人ってことでしょ。だったら、乗り越えられるかもって」

「乗り越える……？」

冬真の反問に、双子は揃って大きく頷いた。

「弁護士を諦めたのは、逃げじゃないって認めてほしいんだ」

「事件が起きたのも、自分のせいじゃないってわかってほしい」

「おまえら……」

滅多に見せない真剣な眼差しが、冬真の胸を熱くする。二人が兄思いなのは充分知っているつもりだったが、恐らくこちらが考えている以上に葵の傷は複雑なのだ。単なる犯罪の被害者というだけでなく、それによる周囲への波紋や閉ざされた夢などが、幾重《いくえ》にもトラウマとなって葵を縛り付けているに違いない。

「弁護士の将来だけじゃなく、弓までダメになったんだもんなぁ」

弓道場で矢を射かけ、的を狙ったまま放とうとしなかった姿が瞼《まぶた》に痛々しく蘇《よみがえ》った。偶然その場面を目撃した冬真は、葵から弓を奪った運命の残酷さに心がキリキリ痛んだものだ。かつては国内でも有数の実力者だった彼が、不本意な形でしか弓を射ることができなくなった苛立ちはきっと計り知れないだろう。

「右腕を刺された時に腱《けん》を傷つけちゃって、力が思うように入らないんだって」

「的まで飛ばせることはできても、矢に全然精彩がないって言ってた」

説明する木陰と陽も、いかにも残念そうだ。兄の弓を射る立ち姿は、静謐《せいひつ》と凜々《りり》しさがそのまま人形《ひとがた》になったようで、強烈に憧れたのだと言う。冬真も、叶うなら一度は自分の目で見たかったと悔しく思った。

「まぁ、生《なま》で見たら冷静でいられる自信はないけどな」

「ハンサム刑事……なんか、言い方がイヤラシイ」

「生だって、生！　あ、生葵兄さんが来た！」

「生がどうしたって？」

　戻るなり意味不明の冠をつけられた葵は、不可解な顔で眉をひそめた。気のせいか疲労が濃くなったようで、冬真は灯籠の明かりのせいかと首を傾《かし》げる。双子はさっさと立ち上がり、嬉々《きき》として花見にＯＫが出た、と報告を始めた。

「だからさ、葵兄さんも予定空けておいてね。お父さんがいる時なら、ちょっと留守にしても大丈夫でしょ？　お弁当はさ、僕たちが責任を持って手配するよ」

「ああ、そうだな」

「満開の時期は短いからね。気をつけてなくちゃ」

「わかった、そうしよう」

「Ｋ公園の遊歩道なら、車椅子でも移動が楽だからさ。冬美ちゃんも大丈夫だと思うんだ」

「そうか。ちゃんと気をつけてあげるんだぞ」

「葵兄さんは、ハンサム刑事と勝手にイチャついてればいいからね」

「そう……な、な……ッ」

　途中まで穏やかに聞いていた葵は、最後の陽のセリフでたちまち真っ赤になる。そんな可愛い反応したら思うツボだろ、と思いながら見ていたら、案の定、双子は怒られないうちにと勢いよく走り出した。

「こら、おまえらっ」

「嘘でーす。ごめんなさーいっ」

明るい声を境内に響かせて、あっという間に二人の姿は母屋の方へ消えていく。仲睦《なかむつ》まじい兄弟の様子に苦笑していたら、眼鏡越しに窺うような視線で見下ろされた。

「麻績、いいのか？」

「え？」

「大事な妹さんなんだろう？　あいつら、すっかりデートのつもりでいるぞ？」

「や、まぁ……冬美も花見はしたいだろうし。それに、うちの義母が葵の母さんにお茶を習いに来ている時、木陰と陽が冬美の相手をしてくれて助かってるんだ。だから、少しはお返ししてやらなきゃな。引っ込み思案の冬美が、あの二人には心を開いている。きっと、楽しい一日になるよ。兄としちゃ……ま、些《いささ》か心配ではあるけどな」

「麻績……」

「でも、あの子たちはいい子だ。おまえの弟ってことを抜きにしても。……だろ？」

座れば、と仕草で促すと、案外素直に葵が隣へ腰かける。やっぱり元気ないよな、と冬真は胸で呟き、一体誰からの電話だったんだろうと考えた。

「……蓜島さんだ」

「何が？」

「さっきの電話。闘病中の父親が病院で亡くなったと連絡がきた」

「え……」

まるで聞こえていたかのように、葵が電話の内容を話し出す。それは、冬真にとっても寝耳に水の事実だった。蓜島の父親が入院していたことも、命に関わるような重体だったこともちらりとも噂は流れてこなかった。

「俺は明後日の告別式へ行く。麻績はどうする？」

「どうって、もちろん弔問には行くさ。直属の上司なんだし。けど、その前に矢吹さんと相談もしなけりゃな。多分、今夜中にはどこかから連絡が回ってくるだろう」

「そうか」

言葉少なに答え、それきり葵はしばらく沈黙する。彼にとって蓜島の父親はかつての雇用主になるし、訃報には少なからずショックを受けているに違いない。

(疲れているように見えたのは、そのせいか……)

落ち込む肩を抱き寄せたい衝動を、冬真はもどかしい気持ちで必死に抑える。ここは境内で神域で葵の家の敷地内だ。不埒《ふらち》な真似をするのは、葵を庇《かば》って刺された時にドサクサ紛れのキスをせがんだ、あの一度きりにしておかねば。

「――麻績」

「ん？」

内心の焦りを悟られないよう、努めて平坦に答える。だが、次の瞬間、冬真の鼓動は跳ね上がった。あろうことか、葵の方からゆっくり身体を傾けてきたのだ。彼は甘えるように体重をかけると、冬真の左肩へそっと頭を乗せて言った。

「俺、何も恩返しができなかった」

「葵……」

「とてもお世話になった人なんだ。それなのに、気まずい辞め方をしたからって疎遠のままにして。せめて、お見舞いくらい行けば良かった。もう今更だけど……」

「入院のこと、知らなかったんだろ？　仕方ないさ。葵のせいじゃない」

「だけど……」

少し言い澱《よど》んでから、思い切ったように先を続ける。

「俺は、何もかも中途半端なままにしている。そのツケが回ってきたんだ。ちゃんと立ち位置を振り返って、いろいろ決めないといけない時期に来ているんだと思う」

「いろいろ決めるって……」

「麻績のことも含めて。おまえ、この間の夜に言ってたじゃないか。時期が来たらちゃんとしようって。あれは、麻績の異動で俺たちが離れるのを前提に話していたんだろう？　ただでさえ、同性同士の不安定な付き合いだ。遠距離になれば、どんな展開になるかわからないと本当は思っていたんじゃないのか？」

「それは……」

「おまえがそんな危惧を抱くのは、きっと俺が不安定に見えるからだと思う」

「………」

ある意味、それは図星だった。冬真は答えに詰まり、結果的に沈黙することで葵の言葉を肯定する。凛《りん》と強く見えて、葵の内面はとても不安定だ。そこも彼の魅力ではあるが、どこか危なっかしくて心配になるのも本当だった。

「葵の言いたいことはわかるけど……無理はするなよ」

これくらいならいいだろうと、遠慮がちに前髪へ触れる。

「一足飛びに何もかも乗り越えられるわけがない。優先順位を決めて、ゆっくり一つずつ解決していけばいいんだ。俺のことはいいから、まずは自分のことを優先しろ。俺なら、いつまでも待てるって言っただろ？　葵が〝どこにも行かない〟って言ってくれたように、俺もどこへも行かないよ。おまえのこと、ずっと見てる」

「麻績……」

「確かに、将来へ不安はあるよ。でも、俺は添い遂げるって決めたしな。言っとくけど、これはプロポーズな？　だから、葵は俺との恋愛で迷わなくていい」

「ド、ドサクサに紛《まぎ》れて、今何か言ったか？」

「言ったよ——愛してるって」

狼狽する葵へ、微笑みかけながら冬真はくり返した。

「おまえの神様の前で誓うよ。俺は、咲坂葵を愛してます。……な？」

「……な？　とか言われても……急に、どう返事したらいいんだ」

今にも沸騰するのではないかと言うほど、葵は真っ赤になっている。途方に暮れた様子で立てた膝へ顔を埋《うず》めると、彼は消え入りそうな声で呟いた。

「……わかった」

「え？」

「麻績の気持ちは、よくわかった」

「え、それだけかよ？　熱烈な告白のお返しとか、そういうのはナシ？」

葵の性格では、薄闇のベッドの中ででもない限り素面《しらふ》では何も言えないだろう。わかってはいたが、一世一代の告白なだけに冬真も少々肩透かしな気分になる。だが、苛めたところで仕方がないので、諦めて話題を切り替えることにした。

「ああ、もう七時過ぎか。さすがに腹が減ったな。俺、そろそろ……」

「嬉しいよ」

「…………」

「嬉しい——ありがとう……」

俯いたままなので顔は見えなかったが、くぐもった声音ははっきりと耳まで届いてくる。

葵は袴をきつく握り締め、もう一度身体ごと冬真へ凭れ掛かってきた。


蓜島が警察を辞めるのではないか、と噂が流れだしたのは、父親の告別式が終わって数日後のことだった。意外にも誰より過剰な反応を示したのは矢吹で、噂を耳にするなり「ふざけんな」と吐き捨てる。苦々しい横顔は、決してどうでもいい相手に対するものではなく、冬真は先日の居酒屋での会話を嫌でも思い出した。

『蓜島が警視正になって一課へ戻ってくると聞いた時、俺は嬉しかったんだ』

あの言葉は、二人がコンビを組んでいた時期の信頼関係を物語っていた。何が原因で蓜島が「あなたはバカだ」なんて返事を出したのかは知る由《よし》もないが、蓜島の態度如何《いかん》では矢吹の心情だって違っていたかもしれないのだ。だが、彼が警察を去ってしまえば二人の接点は永遠に消えてしまう。

（お節介かもしれないけど、気になるんだよな）

矢吹が今の蓜島を嫌っているのは、紛れもない事実だ。蓜島の方でも好意を抱いているとは言えない様子だし、二人が揃うとある種の緊張感が常に漂う。

それでも矢吹の現パートナーとして、また蓜島をキャリア組の己と重なる人物として、冬真はどちらにもつい感情移入をしそうになった。特に、蓜島の変化には興味がある。理想を抱いて一課へ来たのは自分も同じだし、彼のようにはならないと言い切る自信はなかった。

「ご実家が、たくさん山とか所有してるんですよね。で、お父様が急逝されたので相続とかゴタついてるって聞きましたよ。敏腕弁護士だったたって話ですけど、手続きとかいろいろ手が回らないうちに容体が悪化されたみたいですね」

お気の毒に……と言いつつ、総務課一の美人で、ついでに巨乳の堀内路美《ほりうちろみ》が情報通なところを披露する。普段なら彼女が一課へ顔を見せるだけで喜色満面になる矢吹が、やたら小難しい顔で黙りこくっていた。

「ねぇ、麻績さん。矢吹さん、どうしちゃったんですか？　蓜島さんとはソリが合わないってもっぱらの評判だし、もっと嬉しそうにしてるかと思ってました」

「路美ちゃん、矢吹さんのこと気になるんだ？」

「あ、誤解しないでくださいね。私、おじさんには興味ありませんから」

冬真の言葉につれない返事をしながら、彼女はちらりと矢吹を窺う。だが、二人の会話などまるきり聞いていないのか、彼は使い捨てカップのコーヒーを右手にしたまま、明後日の方向をボンヤリ睨みつけていた。

「矢吹さん、千載一遇《せんざいいちぐう》のチャンスを逃《のが》しましたよ」

「んあ？　何のことだ、麻績？」

路美がいなくなってから、冬真はコソリと声を落として矢吹へ囁く。ようやく現実へ返ってきたのか、彼は冷めきったカップへ口をつけようとした。

「今、路美ちゃんが思い切り秋波を送ってたのに」

「ぶっ」

聞くなり含んだコーヒーを噴き出し、ただでさえよれたシャツに飛沫《しぶき》が派手にかかる。思わぬ大惨事に慌てふためく矢吹を、（あ〜あ）と冬真は脱力する思いで眺めた。

「どうしたんですか、矢吹さん。本当におかしいですよ」

「ああ？　何がだよ？」

「蓜島さんが辞めるって噂を聞いてから、ここんとこ妙に上の空じゃないですか」

「けっ。冗談はやめてくれ。蓜島が辞めようがどうしようが、俺には関係ねぇだろが。それに、今の一課じゃ誰が上に来ようが俺の査定も変わりゃしねぇしな」

「だけど、路美ちゃんがあんなに……」

「職場恋愛は自由だけど、年甲斐もなく若い子に色目は使わないように」

不意に背後から声がかかり、ドキリとして口を閉じる。瞬時に矢吹の目が険しくなり、それだけで声の主が誰なのかはすぐにわかった。

「蓜島課長……」

「二人とも、父の葬儀では世話になったね。忙しいところ、ありがとう」

「いえ……」

にこやかな口調で近づく蔀島は、いつもと変わらないエリート然とした佇まいだ。上等なスーツ、磨かれた革靴。品の良いネクタイと糊《のり》の利いたシャツは、高級感と清潔感を嫌みなく演出している。冬真は彼の柔らかな美貌を見返し、この男のどこから「バカ」という単語が出てきたのか……と、またも複雑な思いが湧いてきた。

「何、麻績くん。僕の顔に何かついているかな？」

「い……いえ、何でもありません。あの、そういえば葵も残念がっていました。とてもお世話になったのに、お見舞いも行けなかったって」

「葵が？　そんなこと気にしなくていいと言ったのに」

「………」

微笑する蔀島に思わせぶりなニュアンスを感じ、冬真は二の句を継げなくなる。何だか、彼の口調では自分の与《あずか》り知らぬところで二人が密かに会話でもしていたようだ。

（いや、大学の先輩後輩なんだし……別におかしなことじゃないけど）

つまらない嫉妬はやめようと己を戒め、ハッと傍らの矢吹に気づく。蔀島と対峙する時はいつも目に見えて好戦的になるが、今の彼は初めて見る顔をしていた。

不機嫌な目つき。皮肉めいた口元。しかし、どこか物言いたげな表情は苛立ちと歯がゆさを孕《はら》んでいる。できるだけ関わりたくない、と言わんばかりのいつもの様子に比べれば、明らかに蓜島へ対して感情が動いている証拠だ。

「……矢吹くん」

さすがに無視できないのか、蓜島がゆっくりと矢吹へ向き直った。

「僕から言いたいことは一つだけあるけど、君も何か言いたそうだね？」

「俺が？　おまえに？　ねぇよ、そんなもん」

「ウンザリするほど注意してきたけど、その口の利き方は改めた方がいい。仮にも上司に向かって使う言葉じゃないよね。組織で働く人間として、自覚が足らないんじゃないかな？」

「俺のことはいいから、そっちの話をどうぞ。何です、言いたいことって」

傍《そば》で聞いている方がハラハラするほど、緊迫した空気に包まれる。だが、蓜島は挑発には乗らず、控えめに息をついてから呆れたように言った。

「シャツの替えは持っている？」

「はぁ？」

「その染み、すぐに落とした方がいい。どちらにせよ、そんなだらしない格好で出歩かれたら一課の恥だ。今すぐ着替えてきなさい。……これは命令だよ？」

「…………」

最後の「命令だよ？」のくだりで、蓜島がにっこりと微笑んだ。有無を言わさぬ迫力が、彼の全身からオーラの如《ごと》く立ち昇る。見ていた冬真まで怖くなり、逆らわぬよう矢吹へ必死で目配せをした——が。

「替えなんか、持ってるわけねぇだろ。これだって、今日で三日目だ」

「や、矢吹さんっ」

「幸い、ここんとこ大きな事件に駆り出されることもねぇし。お陰さんで、ちゃんと家には帰れているんでね。どこぞのエリートさんみたいに、しょっちゅう着替えてお偉いさんのお供をする必要もありませんから。なぁ、麻績？」

「何で俺に振るんですか。俺は、替えくらいロッカーに常備してますよ」

「おま……この裏切り者ッ！」

「えええ……」

とばっちりで怒られて、なんだかなぁと肩を落とす。だが、ひとたび捜査本部ができて何日も詰めるような事態になれば、着替えは必須アイテムだった。それも妻帯者なら届けてもらえるが、独身や侘しい一人住まいの人間は自分で調達するしかない。そういう輩は安物のシャツを数枚買い置きして、下着類と一緒にロッカーへ放り込んでいるのが普通だ。冬真はまだそこまで自分を捨てきれないのでそれなりの質の物を用意しているが、一度矢吹に見咎《みとが》められて「この洒落者《しゃれもの》さんめ」と、さんざん冷やかされたことがあった。

「いや、俺だってなぁ……今回はたまたま洗濯が……」

矢吹は言い訳のようにブツブツ口の中で呟き、旗色の悪さに渋面を作る。相変わらず剃り残した髭《ひげ》が顎《あご》にまばらに生え、コーヒーの染みも手伝ってしょぼくれ感が半端ない。捜査に入れば別人のように鋭くなる瞳も、今は気まずげに瞬《まばた》きをくり返していた。

「仕方がないな……こっちへ」

「はい？」

「聞こえなかったのかな。矢吹くん、こっちへ来るように」

二度も言わせるな、という苛立ちを声に滲《にじ》ませ、くるりと蔵島が背中を向ける。展開が読めずに動こうとしない矢吹へ、冬真が急いで「課長室へ呼ばれてるんですよ」と助言した。

「いや、それはわかるんだけどよ……」

「じゃあ、どうしたんですか。早く行かないと」

「けど、シャツの替えがないくらいで呼び出しって。学生じゃあるまいし」

「社会人として、そのシャツはどうかと俺も思いますよ。それじゃ聞き込みに回っても、アル中かギャンブルで身を持ち崩した男にしか見えませんし」

「うるせぇなっ」

冬真の毒舌に反発したものの、一理あると自分でも思ったらしい。矢吹は面倒臭そうにカップを冬真へ押し付けると、渋々と蔵島の後について歩き出す。

「上司から説教を食らうのは、慣れてるけどな」

そう言ってうそぶいてはいるものの、その後ろ姿は若干猫背になっていた。

「これを使って」

課長室へ入るなり、葩島が壁に作り付けの引き出しを開ける。おもむろに目の前へ差し出されたのは、クリーニング済みのテープが張られた白いワイシャツだった。

「え、いや、使えって急に言われても」

「替えがないんだろう？　だったら、選択の余地はないはずだ。これを着て、すぐに仕事へ戻るように。ここ数日は大きな事件が起きていないけど、油断は禁物だからね。ああ、そうか。ネクタイも必要だな。ちょっと待って」

「おいおいおいおいおい」

どこから突っ込んでいいのやら、という心境でとりあえず「待った」をかける。てっきり安売り紳士服店にでも行けと言われると思っていたのに、まさか現物支給されるとは想像の斜め上をいっていた。

「別に、君にあげるわけじゃない。一時的に貸すだけだよ。誤解しないように」

「あのなぁ、葩島課長」

「…………」

ボリボリと頭を掻《か》きながら、矢吹は困ったように眉根を寄せる。

「こんな上等なシャツ、俺のツルシのスーツに合うと思っているんすか。多分、これ一着だけで俺のスーツが三枚……下手《へた》したら四枚は買えますよ」

「それが何か？」

「せっかくですが、同僚に頼んで貸してもらいます。その方が俺も気楽だし。また染みでも付けた日にゃ、弁償できませんからね」

「心外だな。僕の趣味が、合わないと言われているみたいだ」

「まぁ、端的に言えば」

合うわけねぇだろ、と心の中で付け加え、手近の来客用テーブルの上にシャツを置いた。体格的には自分の方がやや肩幅が広いくらいで、さほどサイズには問題がないだろうが、蔵島が身に着けていたと思うだけでこそばゆくなってくる。

「嫌われたものだな……」

いつもなら飄々《ひょうひょう》と返すはずが、どういうわけか声が真面目になっていた。矢吹はギョッとして耳を疑い、次いで（あっ）と思い当たる。

（いけね。こいつ、親父を亡くしたばかりだったな）

他人に内面を読ませず、食えない上司だと言われていても、蔵島だって人の子だ。確か一人息子だというし、表情や態度には出さなくても傷心を抱えているに違いない。

告別式に冬真と赴《おもむ》いた時、喪服に身を包んで神妙に来客へ頭を下げていた蔵島の様子が思わず瞼の裏に蘇った。眼鏡越しの瞳は、心なしか悲痛な色をしていたような気がする。そんな人間に対し、自分の言動は些か思いやりに欠けていたかもしれなかった。

「あー、いや、嫌いとか好きって問題じゃなくてだな」

「え？」

「つまり、その……」

「………」

「……わかった。貸してくれ。すぐに着替えるから」

上手いフォローの言葉が見つからず、何となく負けた気分で矢吹は折れた。その代わり、この場を取り繕ったら即行でどこかの店へ行き、安物のシャツと取り替えようと決心する。それなら、どこにも角が立たないだろう。

「気味が悪いな」

突然、矢吹が素直になったので、蓜島は奇妙な顔をしている。言うに事欠いて「気味悪い」はないだろう、とムッとしたが、かろうじて口に出すのは堪《こら》えた。

「まぁ、素直に聞き入れてくれて助かるよ。じゃあ、これがネクタイ。今日一日は、これで我慢するように。それと……」

「まだあんのか？」

「……いや、何でも。来週辺り、僕は私用で数日休みを取る予定なんだ。その間、麻績くんのサポートをしっかり頼むよ。彼は、僕が期待しているルーキーだからね」

「なぁ、蓜島課長」

シャツとネクタイを抱え、矢吹は一旦は課長室を出ていこうとする。だが、ふと彼の噂が脳裏を掠《かす》め、真相について訊いてみたくなった。

「皆が話してたんだが、あんた、警察辞めるつもりなのか？」

「え……」

「どうなんだ？」

真正面から蓜島を見返し、相手の口が開くのを待つ。

待ちながら、（こいつの顔をまともに見るのは、どれくらいぶりだろう）と思った。

「それは……」

不意を突いた質問に、明らかに蓜島は困惑している。即座に否定しない時点で語るに落ちたも同然だったが、それでも矢吹は本人から説明を聞きたかった。聞いてどうなるものでもないが、そうすることで自分なりの踏ん切りがつく気がする。

やがて、長い沈黙から目覚めたように、蓜島が静かに唇を動かした。

「矢吹くんには、関係ないことだろう？」

「…………」

「誰が上司になろうが、君の信条は変わらない。だったら、僕の進退なんてどうでもいいことじゃないか。ああ、君が可愛がっている麻績くんのことなら心配いらないよ。もし、僕が辞めることになったとしても、後のフォローはきちんとしていくつもりだから」

「蓜島……おまえ……」

「言わなかったかな。口の利き方に、気をつけるように。君が僕の教育係だったのは、もう五年以上も前のことなんだからね。今更出世をしようとは思っていないだろうけど、査定が悪ければ給料に響く。そのことを忘れないように」

「うるせぇっ！」

気がつけば、シャツとネクタイを床へ叩きつけていた。訊くんじゃなかったと心の底から後悔したが、怒りは簡単には収まらない。矢吹はやるせない思いで蓜島を睨みつけたが、何の感情も浮かばない端整な顔には、もはや理想の欠片さえ見出《みいだ》すことができなかった。

「蓜島、てめぇにはがっかりしたよ」

「…………」

「とっとと、どこへでも消えやがれ。そんで、二度と一課にその面《つら》を出すな」

減棒か、下手をすればクビになりかねない暴言だ。しかし、もう止められなかった。矢吹は踵《きびす》を返し、そのまま課長室を後にする。辞める人間に何かを期待すること自体、間違っていたのだと己に腹が立って仕方がなかった。

「ああ、そうさ。どうせ、俺ぁバカだよ。一生現場にこだわる、おっさんだ」

だけど――その先をグッと呑み込み、もう蔀島に関わるのはやめようと誓う。

万年巡査部長でいたのは、別におまえを待っていたからじゃない。けど、出世したおまえが俺を使うなら、それでもいいかと思っていたんだ――。

「いい年して、青臭ぇこと言ってんな、俺も……」

廊下をズカズカ歩きながら、ムキになった自分が段々おかしくなってくる。蔀島とはとっくに進む道が分かれたというのに、わかったようでいて現実が見えていなかった。

「シャツ、どうすっかな……」

振り出しに戻った問題に、矢吹はやれやれと溜め息をついた。


やってやった。とうとう、俺はやってやったんだ。

男は、洗面台で何度も何度も手を洗う。今日は事務所が休みだと聞いていたが、それでも何人かは出勤していて、死体が見つかるのは時間の問題だった。だから、本当は一刻も早くこの場を立ち去りたかったのだが、どうしても手についた血が取れないのだ。

事務所は近代的なビルのワンフロアを占領しているだけに、パウダールームも小綺麗な空間だった。淡いクリーム色で統一され、洗面台には海外製のシャボンが用意されている。けれど、こんなにも汚れが落ちないということは、かなり性能が悪いのだろう。いかにもこの事務所らしい、と男は歪《ゆが》んだ笑みを口元へ刻んだ。バカ高い金額を取り、意味不明の専門用語の羅列《られつ》で一流を気取っているが、実際は何の解決も導き出せない。学歴が高いだけの無能な集団、弁護士って連中にはつくづく反吐《へど》が出る。

「だから、俺はやってやったんだ。殺されたって当然だろう、あんなクズ」

わざと声に出して呟いてみた。誰かに聞かれたらお終《しま》いだと思ったが、幸い出入りする人物は一人もいない。おまけに、憎悪を口にした途端、嘘のように両手が綺麗になった。

「へ……へへ。へへへ……」

やっぱり、自分は正しいことをしたのだ。あの悪徳弁護士に、今までどれだけの弱者が食い物にされてきたことか。彼らはきっと自分に感謝し、随喜の涙を流すに違いない。

凶器のナイフは慎重にタオルで包み、ビニール袋へ押し込んだ。後は帰り道のどこかで捨てて、一晩寝てしまえば何もかもが終わる。

「ざまぁみろ。あんな奴、地獄へ落ちればいいんだ」

さて、そろそろここを出よう。あんなクズを殺したからって、捕まったのでは割に合わない。大丈夫、今日のアポは誰も知らないし、約束は朝だったので訪ねた時には他に誰もいなかった。非常階段を使えば、監視カメラにだって映らないはずだ。

念のために大きめのマスクで顔を隠し、普段はかけない眼鏡を着用した。後は事務所の人間に見咎められず、このフロアから脱出できればいい。

「なぁに、今日は休みなんだ。来ている連中だって、ほんの数人だ」

自身を鼓舞し、一つ深呼吸をする。

絶対に捕まるものか、と男はもう一度胸でくり返した。

3

約束の午後三時まで、あと十分ある。

葵《あおい》は携帯電話で時刻を確認すると、どうしたものかとカフェの店内を見渡した。蓜島《はいしま》から話があると言われ、電話ではちょっとまずい、と呼び出されたのだが、どうにも落ち着かなくて予定よりずっと早く神社を出てきてしまったのだ。

テーブルの上には、すっかり空になったコーヒーのカップが置いてあった。お代わりを頼もうかと思ったが、すでに二杯も飲んだ後なのでどうにも気が引ける。もともと、一人でカフェに入る習慣がないので、ひどく居心地が悪かった。

(麻績《おみ》が聞いたら、〝何ジジ臭いこと言ってんだよ〟とか笑い飛ばすだろうな)

先日、陽の落ちた境内《けいだい》で過ごした時間を思い出し、少しだけ気持ちが軽くなる。ろくな返事はできなかったが、言葉足らずの自分を冬真《とうま》は充分に受け止めてくれた。この先、どんな辛《つら》いことが起きたとしても、あの場面を思い描くだけで乗り越えられそうな気がする。

(ずっと一緒に……か……)

そのセリフを現実のものにするのは、容易ではないだろう。さすがに夢見がちな頃は過ぎたので、葵も冬真もそんなことは百も承知だ。けれど、あえて誓うことで拠《よ》り所《どころ》ができるなら、あの告白は決して無駄にはならないと思う。もちろん、現実にするための努力はしていくつもりだし、冬真の愛情が続く限り、自分は一人ではないと確信を持って言える。葵には、そのことが何より嬉《うれ》しかった。

「早いな、もう来ていたのか」

「蓜島さん」

仕事を中抜けして来たのか、蓜島は一分《いちぶ》の隙《すき》もないスーツ姿で現れる。告別式で久しぶりに顔を合わせたばかりだが、あの時は喪服だったし短い挨拶しかしなかったので、目の前の彼とはまるで別人のようだった。父親の跡を継がず警察庁入りした時、父子の間で相当な言い合いがあったと噂で耳にしたことはあるが、やはり急な別れはショックだったのだろう。

「僕はコーヒーを。葵、君も同じでいい？」

ウェイターに注文する際、ついでにと葵の分も追加してくれる。そんなソツのないスマートさも、官僚らしさを守りつつ季節感を取り入れた感じの良いスーツも、今の彼は学生時代の端麗な面影《おもかげ》と少しも変わっていなかった。

「あの、話っていうのは何でしょうか」

「まあまあ、そんなに警戒しないで。別に、葵にとって悪い内容じゃないから。実は、父が生きていた頃はなかなか切り出せなかったんだけど……」

「はい」

「もう一度、弁護士を目指してみる気はないかな？」

「え……？」

「うちの事務所に戻って、また以前のように働きながら勉強して。どう？」

「ど……うって……」

言葉の意味が把握できず、惚《ほう》けたように絶句する。その顔がよほど可笑《おか》しかったのか、蓜島は堪《こら》え切れないように小さく笑い出した。タイミングよくコーヒーが運ばれてきたので、その間に葵はもう一度セリフを反芻《はんすう》する。だが、何度思い返しても、あまりに唐突すぎてわけがわからなかった。

「蓜島さん、ひょっとして俺のことをからかっているんですか？」

「どうして？」

「だって、あまりにいきなりじゃないですか。大体、先生が亡《な》くなったばかりの時にどうしてそんな……悪ふざけにも程があります」

「だから、どうして悪ふざけだと思うの？」

いっかな動じない微笑に、葵の勢いは徐々に萎《しぼ》んでいく。だが、事務所を辞めて三年近くになる今頃になって、急に「戻ってこい」と言われても鵜呑《うの》みにはできなかった。まして、責任者である蓜島の父親はすでに故人なのだ。

「ああ、その点なら心配ないよ。父の事務所は、僕が継ぐことにしたから」

事も無げに言い切られ、今度は別の意味で言葉を失う。蓜島が跡継ぎになることは、もう何年も前に立ち消えた話だと思っていた。第一、彼は弁護士の資格も持っていない。

「父の名前を残して、現在のメンバーで業務は回していく。僕は経営に専任するんだ。せっかく父があそこまで大きくした事務所だし、畳んでしまうのは勿体《もったい》ないからね。そこで、どうせなら心機一転、葵にも声をかけてみようと思った」

「どうして……ですか……」

「うん？」

「俺は、もう禰宜として働いています。やり甲斐も感じているし、今更戻ろうなんて考えていません。そのことは、蓜島さんもご存知《ぞんじ》かと思っていました」

「そうだね。葵の活躍は、麻績くんからよく聞いているよ。可愛い双子の弟さんは、巫女の格好《かっこう》をして君を手伝っているんだってね。家族皆で力を合わせて、高清水《たかしみず》神社を守っているんだろう？　微笑《ほほえ》ましい話だと、僕も羨《うらや》ましく思っていた」

だったらどうして、と問い詰めようとする葵へ、蓜島はにっこりと笑みを深くした。

「でも、葵が事務所を辞めたのは本意じゃない。それも事実だよね？」

「蓜島さん……」

「これは、僕なりの罪滅ぼしでもあるんだ。あの時、僕は葵に何もしてあげられなかった。元はと言えば、家庭内DVなんて小さな案件だと軽《かろ》んじた担当弁護士が、パラリーガルの君へ面倒な応対を押し付けた結果じゃないか。父がもっと部下の仕事に目を配っていれば、あるいは防げたかもしれない事件だ」

「やめてください！」

たまらず、葵は声を荒げる。ようやく塞《ふさ》がりかけた傷口を、無理やりこじあけられたようで身震いがした。できるなら蓋《ふた》をして、もう二度と思い出したくない。ずっとそう思い詰めながら日々を送ってきたのに、今になって「君のせいじゃない」と言われても余計に混乱するだけだ。

「そういうお話なら、これで失礼します。それじゃ」

不器用な手つきで財布を取り出し、自分の分をテーブルに置く。葩島は「いいから」と伝票を手元へ引いたが、彼を待っている間に値段など覚えてしまった。

無愛想に一礼すると、「また連絡するよ」と声がかけられる。葩島は、動揺する葵に少しも遠慮がないようだ。それだけ、自分の提案に自信があるのだろう。

(冗談じゃない。なんで、今更弁護士なんて……)

早足でカフェを出ながら、葵は逸《はや》る鼓動を懸命に抑える。なんだか、自分の中の迷いを神様に見透かされたようで、果てしなく決まりが悪かった。

蓜島と葵がカフェで会っていた頃、捜査一課には殺人事件発生の一報が入っていた。しかも被害者は蓜島の父親の部下で、事務所の所属弁護士・丸山武夫《まるやまたけお》という男性だという。三十代後半の中堅弁護士で、死体は事務所内の彼の個室で発見された。

「機捜《きそう》からの情報によると、恐らく明日には捜査本部が設置される。皆、そのつもりで準備をしておくように。それから、今回の陣頭指揮から僕は外れます。捜査は、山根《やまね》警視の指示に従うようにしてください」

外出先から急いで帰庁した蓜島が、捜査本部へ向かわせるメンバーの前で簡単な事情説明を行う。殺人事件の場合、所轄の刑事が初動捜査で聞き込みや容疑者の絞り込み、被害者の身辺などを入念に当たるが、そこで解決の兆《きざ》しが見られない場合は本庁の出番となるのだ。

一課からの出向は、冬真や矢吹《やぶき》を含む三十名だった。彼らと所轄が協力体制を取り、一週間から二週間様子を見る。それでも埒《らち》が明かないようなら増員だ。今回は被害者が蓜島の関係者であるため、彼は捜査から除外されることとなった。

「蓜島さん、被害者とは顔見知りなんですか？」

明日から忙しくなりそうだと皆が騒然となる中、冬真は蓜島へ質問する。捜査本部で所轄との合同会議が行われるまで、事件に関する詳細なデータは回ってこないためだ。

「父の部下だからね。顔くらいは見たことがあるよ。でも、直接話したことはないな」

「所轄と機捜は、怨恨《えんこん》の線で当たってますよね、多分」

「どうして、そう思うのかな？」

「盗みが目的なら、休日の弁護士事務所には押し入らないでしょう。現金がそんなにあるとは思えないし、あのビルなら他のフロアに美容整形、歯科、エステサロン、画廊などがテナントで入っています。そちらの方が、窃盗犯にとっては魅力的ですから」

「確かにね。でも、現場に向かう前に先入観は持たないように。無意識に、大切な手がかりを見落とす可能性が高くなる。麻績くん、うちのビルにずいぶん詳しいね」

さらりと言って蒄島は微笑むが、聞き逃《のが》せない一言に冬真の表情が強張《こわば》った。

「え……うちの……ビル……」

「まさか、あのビルって蒄島さんの……？」

「うん。うちの持ち物なんだ。父が死んで、ちょっとゴタついているけどね」

「…………」

それは、ゴタついて当然だ。

地上十三階、地下二階、著名な建築家が設計した、都心に位置する最先端のビル。あれを相続するとなったら、どれほど面倒な展開になるか想像に容易《たやす》い。

（なのに、涼しげな顔であっさり言っちゃうんだからなぁ）

父方は地方の山林王だと聞くが、もしやビルの一つや二つ、蒄島にとってはさして惜しい物ではないのだろうか。

「ところで、麻績くん。矢吹くんのことだけど」

「はい？」

「結局、シャツはどうしたの。僕が貸すと言ったら、怒って床に叩きつけられちゃって」

「え。矢吹さん、そんなことしたんですか。もう、しょうがない人だなぁ」

いくら蔰島が嫌いでも、仮にも上司に向かって取るべき行動ではない。冬真が心底呆《あき》れて嘆息すると、どういうわけか蔰島は微《かす》かに眉《まゆ》をひそめたようだった。すぐに元の柔和な笑みに戻ったので定かではないが、何か気に障《さわ》ったのかと冬真は訝《いぶか》しむ。

「おい、麻績。おまえ、今日のうちに紙仕事終わらせといた方がいいぞ。明日から当分、家にも帰れねぇからな。そんで、悪いけどこのシャツしばらく借りて……」

「あ、矢吹さん」

「……そういうことか」

近づいてくる矢吹の姿を見て、蔰島はすぐに得心の顔つきになった。そうして、改めて微笑を作り直すと、冬真の肩を柔らかく叩く。

「じゃあ、明日からよろしく。そろそろ君たちで手柄の一つでもたてて、僕の後押しが無駄ではないってところを見せてほしいな」

「は……はい」

「期待しているからね。あ、それと」

急に何かを思いついたように、彼はスーツの内ポケットへ右手を差し込んだ。薄い牛革の財布を取り出し、何なのかと面食らう冬真へ千円札を二枚手渡す。

「これ、葵へ返しておいて」

「え？」

「さっき、一緒にいたんだ。でも、誘ったのは僕の方だからお茶代くらいはもつよ」

「葵と一緒に……？　あ、いえ、でも……」

「頼んだからね」

有無を言わさず押し付けると、返す間もなく背中を向けられた。葵の性格上、絶対に受け取らないことは明白だったが、他の刑事たちもいる前で押し問答をするわけにもいかない。去っていく蓜島の後ろ姿を見送りながら、冬真は複雑な気持ちでお札を握り締めた。

（葵と会っていたって、一体どうして……）

プライベートで会ってお茶を飲むほど、二人が親しいとは聞いていない。以前から二言目には葵の名前を出し、意味深な態度を取られてきたせいか、何だか面白くなかった。

「よぅ、どうした。不景気な面《つら》してるぞ、警部殿」

「矢吹さん、また変なドラマみたいな呼び方して。やめてくださいよ」

「ん？　機嫌悪《わり》ぃなぁ。蓜島に、何か嫌みでも言われたか」

「そうじゃありませんけど……」

気にすまいと思っても、相手が蓜島なだけに何か裏があるかもしれない。ちょうど明日から忙しくなることだし、今夜会えないかと葵へメールをしてみよう。そう決めて、ようやく冬真のざわついた心は平常心に戻った。


「じゃあ、捜査の進展次第では花見中止もありえるってことか」

冬真のマンションで一緒に親子丼を作り、少し遅めの夕食を囲む。その間に明日から当分激務になると報告すると、開口一番、葵はそんなことを言い出した。

「仕事なんだから仕方ないが、弟たちがまた騒ぐな」

「その時は、また何か別の企画をたててやるよ」

「そうしてくれ。満開までまだ一ヶ月近くもあるっていうのに、ずいぶん張り切っているんだ。昨日なんか弁当の本を買ってきて、当日のメニューを検討していたし」

「へ、へぇ……気合い入ってんなぁ」

「あの子たちが、普通の本を読んでいるとホッとする。相変わらず妙なマンガ雑誌や単行本を買ったり借りたりしては、俺には意味のわからないことを言い出すんだ。この間なんか、いきなり〝葵兄さんは受けでよろしいですか？〟とか言われて、何のことかと思った」

「で、何のことだったんだ？」

「……言いたくない」

墓穴を掘ったと言わんばかりに、葵はたちまち渋い顔で押し黙る。冬真には何のことやらさっぱりだったが、葵の反応だけで先を訊く気が失せてしまった。

今日は神道式の葬式、『神葬式《しんそうしき》』があったとかで、葵がマンションへ来たのは夜の八時を過ぎてからだった。それでも、先日彼が泊まった日から一週間はたっている。久しぶりに二人きりで過ごせるのだから、贅沢は言えなかった。

「しかし、いつも思うけど葵って食うの早いよなぁ。その細い身体《からだ》に、ガンガン食いもんが入っていくし。俺、最初に一緒に飯食った時はびっくりしたよ」

「神職の人間は、大体そうだぞ。家も昔からそうだった。資格取得の講習だと、全員が同時に食事を終えないといけないんだ。それで、自然とペースが速くなる。本来は食事中の私語も厳禁なんだが、さすがにそれは辛いからな」

「そういうとこも、ギャップ萌えだよな」

「また意味不明なことを……」

葵は嫌そうに眉間《みけん》へ皺《しわ》を寄せたが、たおやかで凛々《りり》しい印象の彼が、豪快に食事をしている様子はなかなかに魅力的だ。冬真は食後の緑茶を淹《い》れる支度をしながら、毎日その姿を眺められるようになるのはいつの日か、などと呑気《のんき》に考えたりした。

「でも、そういう話を聞くと葵はやっぱり禰宜になるべくしてなったんだって気がするな」

「え……？」

「今、言ってただろ。昔からそうだったって。おまえの佇《たたず》まいとか真《ま》っ直《す》ぐな気性とかは弓道で培われた部分もあるだろうけど、育った環境も大きいと思ってさ。当たり前みたいに神様がいて、敬う心を教えられて。怠けたりズルしたりしない、そういうところ」

「…………」

「融通が利かなくて、生き難《にく》い面もあるだろうけどな。俺は好きだよ」

冬真の方はいつもの調子で思ったことを口にしただけだが、どういうわけか葵の表情が僅《わず》かに曇る。それは微かな変化だったが、まずいことでも言ったかと慌ててしまった。

「あ、えーと……そうだ、もうニュースで流れてるから知ってるだろうけど」

「え？」

「俺が、明日から入る捜査本部。被害者が、蓜島さんの事務所の人なんだ」

「え……」

「あれ、初耳か？　丸山っていう弁護士が刺殺されたんだよ。夕方のTVでも報道されていたと思うんだけどな。蓜島さんは本人とはあまり面識がないって言ってたけど……葵？」

話の途中から、葵は明らかに上の空になる。顔色はますます青ざめ、眼鏡の奥で瞳が動揺を浮かべていた。さすがに不安にかられ、冬真はそっと「大丈夫か」と窺《うかが》ってみる。もしかしたら、かつて自分が被害を受けたことを思い出させてしまったのだろうか。

迂闊《うかつ》な自分に舌打ちをし、冬真はとにかくお茶だ、と思った。ゆっくりお茶を飲んで落ち着けば、少しは気分が変わるかもしれない。

「濃いめに淹れたぞ。葵、好きだろ？」

「あ……ああ、ありがとう」

我に返った顔で、葵がぎこちなく笑みを作った。ほら、と湯気のたった彼専用の湯呑《ゆのみ》を差し出すと、気を取り直した様子でおずおずと手を伸ばしてくる。だが、まだ冬真の話に気を取られているのは虚《うつ》ろな眼差《まなざ》しから一目瞭然だった。

「気をつけろ、熱いぞ？」

「あっ！」

注意したにも拘《かかわ》らず、葵は無防備に湯呑を摑《つか》もうとしてびくっと右手を引く。受け取り損ねた湯呑がテーブルに転がり、お茶がまともに彼の服にかかった。

「熱ッ！」

「このバカッ」

反射的に葵の腕を引っ張り、冬真は急いでバスルームへ駆け込む。濡《ぬ》れたシャツを強引に脱がせ、手早くシャワーのコックを捻《ひね》ると、上半身裸の彼へ容赦なく冷水を浴びせかけた。

「大丈夫か？　火傷《やけど》したんじゃないか？」

「……すまない。ちょっと考え事をしていて……」

「着替えを持ってくる。葵、しばらく自分で冷やしてろよ？」

頼りなさげに頷《うなず》く彼に、一体どうしたんだと困惑する。葵は運動神経がいいので、ああいう場合にまともに熱湯を浴びるなんてありえなかった。おまけに彼自身も驚いているのか、何が起きたのかと半信半疑な顔つきになっている。

（もしかして、被害者の弁護士を知っていたのかもしれないな。葵はパラリーガルだったんだし、確か被害者は八年前からあそこに勤務している。顔見知りだったとしても、おかしくないか。平然としていたから、てっきり大した感傷もないのかと思っていたけど……）

あるいは、ニュースに関しては家族が伏せていた可能性もあった。葵の家族は、彼が事件の傷を引きずっていることに心を痛めている。だから、過去を連想させるような事件は耳に入れないように配慮していても不思議はなかった。

（そうだとすれば、失敗したな……）

本当は、昼間蔀島と会っていたことも尋ねたかったが、それどころではなさそうだ。浅慮な己《おのれ》を情けなく思いつつ、冬真は葵の着替えを一式用意する。蔀島からは金も預かっているが、切り出すのは今度にしよう。そう心に決めて、急いでバスルームへ戻った。

――ところが。

「葵、着替えを……って、おい、まだ浴びてんのかよっ？　大丈夫か？」

「いいんだ」

「え？」

「冷水を浴びていると、少しだけ気持ちが落ち着く。むしろ、ちょうど良かった」

「葵……」

真顔でそんな風に言われると、どう答えていいかわからなくなる。

だが、一つだけ冬真は確信を持った。事件の話だけでここまで狼狽《ろうばい》するのは、いくら何でも不自然だ。葵は、間違いなく別の何かに悩んでいる。

「バカだな……」

零《こぼ》れ出る言葉に後押しされ、自分も服のままバスルームへ足を踏み入れた。とうに全身がびしょ濡れの葵は戸惑ったように冬真を見返し、「濡れるぞ……？」と呟《つぶや》く。だが、そんなのは今更だ。冷たい水飛沫《みずしぶき》を浴びながら、冬真はそっと葵の身体を抱き寄せた。

「麻績……」

「葵、一人で何を悩んでいるんだよ」

「え……」

「おまえ、いつもそうだよな。全部背負って、潰《つぶ》れる寸前まで黙っている。なぁ、それってすっげぇ迷惑なのわかってるのか？　人として、一番やっちゃいけないことだ。おまえがそんなんだから、俺も双子も心配で目が離せないんじゃないか」

「……すまない……」

「謝るくらいなら、最初からするな。そうでなくても、一緒にいられる時間は短いんだ。葵が少しでも俺のことを想うなら、おまえは幸せでなくちゃいけない。心の底から笑える毎日を、送ってなくちゃいけないんだからな」

自分でも何が言いたいのか、よくわからなくなってくる。けれど、葵にはちゃんと通じたようだ。冷えた手が背中に回され、ためらいがちに抱き締め返してきた。

「麻績……ごめん」

「葵……？」

ゆっくりと、葵の濡れた顔が上を向く。

まともに視線が交わり、冬真は強烈な煽情《せんじょう》にうろたえた。

「麻績……ここで……」

「え……」

「ここで……いいから……」

上ずる語尾に、羞恥《しゅうち》と欲望が滲《にじ》んでいる。

葵は返事を待たずに眼鏡を外し、そっとバスタブの縁へ置いた。そうして改めて冬真と向き合うと、一つ溜《た》め息《いき》を漏らして瞳を閉じる。雫《しずく》を溜めた睫毛《まつげ》が震え、息を呑むほど艶《なま》めかしい。冬真は弾《はじ》かれたように唇を重ね、凍えたその場所を舌と吐息で温めた。

「んぅ……ん……」

待ち侘《わ》びた仕草で、葵の舌が積極的に絡《から》みついてくる。貪《むさぼ》るように口づけ、口腔内を荒々しく愛撫しながら、冬真は互いの濡れた身体を隙間なく重ね合わせた。

「お……み……」

跳ね上がる鼓動に情欲が疼《うず》き、出しっ放しのシャワーから水音が淫《みだ》らに響き渡る。足元を流れる水は理性を押し流し、冬真は服を脱ぐのももどかしく葵を求めようとした。

「あ……ッ……」

すでに上半身のみ裸だった葵は、ためらいもなく冬真の欲望を受け止める。彼は水気を含んで肌に張り付いた冬真のシャツを、自ら進んで不器用な手つきで剝《は》いでいった。そのつたなさが冬真を煽《あお》り、一層激しい口づけが幾度《いくど》もくり返される。擦れ合う唇に火が灯《とも》り、やがて吐息まで燃え尽くす勢いで温度を上げていった。

「葵……あおい……」

「ん……ぅ」

どちらからともなく相手へ手を伸ばし、屹立《きつりつ》する部分に指先が触れる。服の上からでも情熱の輪郭は明らかで、張り詰める感触にどうしようもなく芯《しん》が震えた。

「あ……ッ……ぁ……」

先に冬真が相手のジッパーを下ろし、下着の中へ大胆に指を潜り込ませる。直《じか》に触れられた葵は身をよじって喘《あえ》ぎ、切なげに全てを委《ゆだ》ねてきた。

立ったまま愛撫するのは初めてで、葵の身体は快感のたびに膝《ひざ》から崩れそうになる。それを左手で力強く支え、冬真は逸る気持ちを堪えて少しずつ刺激を強めていった。

「う……あぁ……麻績……」

「おまえも……同じように……」

「お……み……」

熱く脈打つ葵自身を擦り上げながら、耳たぶを嚙《か》んでせがんでみる。

冬真の前髪から雫が落ち、上気した葵の頬《ほお》で小さく跳ねた。

「麻績……」

薄く瞳を開き、幼い表情で葵が見つめ返す。冬真の手の中で硬さを増し、切なく脈打つ分身は、思いも寄らぬ冬真からの我儘《わがまま》に戸惑っているようにも思えた。

けれど、葵は嫌ではなかったようだ。羞恥が目元を仄《ほの》かに染め、絶妙な色っぽさが視線に混じる。そのまま彼は僅かに俯《うつむ》くと、遠慮がちに冬真の服の中へ右手を差し込んできた。

「こう……か……？」

掠《かす》れがちな声音で尋ねながら、繊細な指が冬真自身に絡みついてくる。感動で思わず溜め息が零れ、冬真は「気持ちいいよ」と小さく囁《ささや》いた。

春先に冷水でずぶ濡れのまま、それでも寒さを少しも感じない。愛撫で身体が跳ねるたびに水音が散り、漏らす吐息が淫らに幾重にも音色を重ねた。

冬真は強弱をつけつつ葵を責めたて、同時に己も彼の愛撫へ身を任す。息をするように口づけを交わし、相手の反応に煽られながら、次第に触れ合うだけでは足りなくなってきた。それは葵も同じようで、焦《じ》れた眼差しが冬真を誘惑する。今、自分がどんなに淫らな目で冬真を見ているか、恐らく自覚さえしていないだろう。

「葵……俺、そろそろ限界だ……」

欲しいと言わせてみたい気もしたが、冬真は先に自分が折れてみせる。こんなにも性急に葵が求めるのは、内に巣食う不安と闘っているせいだろう。それなら、一時的にでも快楽に溺《おぼ》れさせて何もかも忘れられるようにしてやりたかった。

「いいか……？」

「……ぁ……ぁ……」

許可を求める声に、びくりと葵自身が反応する。

先走りの蜜はとうに冬真の指を濡らし、先端を軽く擦《こす》るだけでどんどん溢《あふ》れてきた。

「脱がせるぞ……？」

いちいち言うな、と怒られそうだったが、聞くたびに葵が感じるのはもうわかっている。

濡れたズボンは普段より多少脱がせ難かったが、冬真はためらいを捨てていっきに下着と一緒に引き下ろした。

「あんまり……見るな……」

恥ずかしくて死んでしまいそうだ、と呟き、葵が促《うなが》されるまま背中を向ける。壁に両手を突き、淫靡《いんび》に染まる肌を照明の下で晒《さら》した姿は、ストイックな禰宜姿の彼とは別人だった。

「後ろから葵を抱くの、何だか照れるな」

「……うるさい」

消え入りそうな悪態が、可愛くてたまらない。苛《いじ》めるのもほどほどにしないと、と浮かれる自分を戒め、冬真は自分も残りの服を脱ぎ捨てた。

左手で相手の腰を抱き、ぐっと身体を密着させる。訪れる衝撃の予感に、葵の全身が緊張に強張った。冬真は再び右手を彼自身へ添え、ゆっくりと愛撫を再開する。葵はたちまち敏感な反応をし、その唇から荒い息遣いが漏《も》れ始めた。

「好きだよ、葵……」

「お……み……？」

「愛してる」

右肩の付け根へ唇を寄せ、きつく肌を吸い上げる。

あ、と葵が声を上げた瞬間、冬真は自身で彼の身体を貫いた。

「あぁっ……」

不意を衝《つ》いた侵入に、激しく葵がかぶりを振る。だが、冬真は構わず奥まで突き立て、巧《たく》みに悦《よろこ》ぶ場所を責めていった。

「うぁ……ぁ……ああ……ッ」

ぐりぐりと擦り、突き上げると、それだけで葵が甘い悲鳴をあげる。強い刺激にびくりと震え、もう一人の葵が冬真の手の中で涙を零した。

「ああ……すげ、いい……葵……」

常より激しい快感が、冬真の雄を更に逞《たくま》しくさせる。理性のほとんどは霞《かす》む意識の向こうへ消え、二人は同じ揺れの中で嗄《か》れるほど互いを呼び合った。

もっと、とせがまれ、きつく締められると、それだけで冬真は達しそうになる。だが、冬真は懸命に己を律し、葵を追い立てることに専念した。

葵の咽《むせ》び泣きが水音と混じり合い、バスルームに満ちていく。

浅く深く律動をくり返し、首筋から肩まで何度も舌を這《は》わせながら、冬真は少しでも長く葵を味わっていたかった。

「お……み、も……ダメ……だ……ダメ……」

ついに葵は懇願し、達《い》かせてほしいと声にする。

滑《なめ》らかに張り詰めた肌は淫らな熱を帯び、小刻みに深くなる快感に揺れていた。

「うぁ……はぁ……あぁ……」

「葵……」

「あぁっ……あ、あぁ……あああ……ッ」

絡まる喘ぎが幾重にも広がり、愛欲の波紋に爪先《つまさき》まで熱くなる。

快楽に呑み込まれ、同時に絶頂へ昇り詰めるのに、多くの時間はかからなかった——。


(よく寝てるな。ちょっと、無茶しちゃったからなぁ)

規則正しい葵の寝息に、冬真は満ち足りた気分で耳を傾ける。

結局あの後はそのまま一緒にバスタブへ浸かり、ベッドへ移動してまた愛し合った。当分会えなくなる淋《さび》しさと、何かの不安から逃れるような葵の激しさとで、互いにくたくたになるまで求め合ったのだ。最後にはほとんど落ちるような形で、葵はコトンと眠りについた。

(言い出しそびれたな……乾島さんのこと)

寝顔をしばらく見つめながら、どうしたものかと思案に暮れる。

(でも、葵の様子も妙だったしな。何かに思い煩《わずら》っているのは確かなのに、とうとう口に出しては何も言わなかった。いや……言えなかった、のか……?)

久しぶりに、煙草を吸いたい、と強烈に思った。

欲望に燃える身体を重ね合い、体温が溶け合っても、悲しいがそれだけでは埋められないものがある。葵が悩んでいるのは間違いないが、彼が一人で問題を抱えようと決めている限り、冬真にはどうしてやることもできなかった。

それでも、と眠る恋人の髪を撫《な》でながら、祈るような思いで呟く。

自分がこうして抱くことで、少しは憂いを減らしてやることはできただろうか。

(ほんと、おまえは面倒な性格だよ。そういうとこも、可愛くってたまんないけどな)

「惚れた弱み」という言葉を、人生でこれほど噛み締めた瞬間はないかもしれない。

冬真は苦笑し、ひとまず葵が自分から言い出すまで待ってみることにした。

蓜島が言った通り、翌日の午後、N所轄署に『弁護士刺殺事件』の捜査本部が置かれることになった。早速合同捜査会議が開かれ、冬真は矢吹と共に会議室へ向かう。N署には『おみくじ殺人事件』の時に来て以来なので、なんだか懐かしい感じがした。

捜査本部は警視庁から三十名、所轄のN署から五十名が動員され、総勢八十名の態勢で操作が行われることになる。指揮官は警視庁から来た山根警視が任命され、補佐に所轄のお偉いさんが二名、就任の挨拶をした。

「え〜、事件の概要についてご説明いたします。手元の資料をご覧ください」

マイクを手に、進行役の所轄刑事が事件のあらましについて話し出す。配られた資料集には、昨日一日で集まった情報が整理され、被害者の写真がクリップで留められていた。

「事件は昨日、三月十日、『蓜島弁護士事務所』の中で発生しました。死体発見時刻は午後三時。司法解剖の結果によると、死亡推定時刻は午前八時から九時の間です。遺体の発見が遅れたのは、当日事務所が休みで、被害者が休日出勤していることは知られていなかったからのようです。同様に休日出勤していた女性の事務員が、被害者の個室から廊下へ染み出ていた血痕を発見して騒ぎとなりました」

正面のスクリーンに、進行に合わせて鑑識が撮った被害者の発見時の写真、現場のビルの外観、被害者の顔写真などが大写しになる。隣で矢吹がメモを取り、小難しげな顔をした。

「どうしたんです、矢吹さん？」

「いや、別に。蓜島の父親が死んでから、まだ一週間もたってねぇだろ。事務所の責任者が不在だってのに、通常業務に戻るのがいやに早いと思ってさ」

「裁判が関わってたら、待ったなしなんじゃないですか？」

「それは、そうなんだけどよ」

コソコソと声を潜めて会話し、改めて進行役の声に耳を傾ける。

「……死因は出血多量による失血死。上半身に八ヶ所の刺し傷があり、いずれも同一の凶器によってつけられた傷だと報告が上がっています。凶器は現在捜索中。鋭利な刃物と思われます。現場には、犯人の物と思《おぼ》しき遺留品はありませんでした。同じフロアの同僚に悲鳴などが聞こえなかったところから、最初の一撃でほぼ致命傷に至ったのではないかと推測されます。出入りを咎《とが》められなかったこと、被害者の個室で事件が起きたこと、以上から顔見知りの犯行の線が濃厚です」

以上、と締め括《くく》った後、質問が乱れ飛んだ。多くはすでに資料に記載されている事項で、冬真にはさして重要とは思えない。最後に聞き込みの地域分担が行われ、矢吹と冬真、そして所轄の刑事二名の合計四名が一チームとなり、夜の会議まで一時解散となった。

「顔見知りの犯行なら、あまり時間はかからなさそうですね」

「初動で引っかからなかったのが、ちょい気に食わねぇけどな」

いよいよ始まったか、という思いで身が引き締まり、冬真は大きく深呼吸をする。ここしばらくは事務作業が続いたので、やはり現場に出るとそれなりに緊張した。

「蓜島の事務所……ね」

「え？　矢吹さん、何か言いましたか？」

「あいつ、本当に警察を辞める気なのかもしれねぇぞ」

「あいつって……蓜島課長、ですよね……？」

N署を出た冬真たちのチームは二手に分かれ、矢吹と冬真は被害者の勤めていた事務所へ向かうことにする。本来、捜査は所轄の刑事と本庁の刑事が組むのが原則だが、冬真が研修中ということもあり、教育係の矢吹と組ませてもらっているのだ。

「それ、蓜島さん本人に確かめたんですか？」

用意された覆面パトカーのクラウンに乗り込み、運転席の冬真がシートベルトを締めながら尋ねた。矢吹は苦い顔つきで頷き、助手席へ滑り込む。

「否定も肯定もしなかったけどな。黙るってことは、肯定と一緒だ。あのまま出世ゲームを楽しむのかと思っていたが、どうやらそれにも飽きちまったらしいな」

「そんな……」

「さっき、俺が〝通常業務に戻るのが早すぎる〟って話しただろ。けど、蓜島が父親の跡を継いで経営者になる気なら、そうそう閉めちゃいられねぇさ。おまけに、あそこの依頼者は企業がメインだから、殺人事件があったなんて聞いた日にゃ激しくイメージダウンだ。意地でも普段と変わらないところをアピールしないと、まずいんだろう」

「矢吹さん、鋭いですね」

アクセルを踏んで車を発進させ、冬真は素直に感心する。もともと、彼が蓜島の進退に関してここまでこだわること自体が驚きだった。過去の経緯を聞いて矢吹にはそれなりの思い入れがあったのだとわかったが、残念ながら現在は何の接点もない。

「麻績、おまえの考えていることはわかるよ」

「え？」

「たった半年、それも何年も前に一緒に仕事してたってだけで、ひとっかけらの共通点もない相手にどうしていつまでもこだわってんのかって、そう思ってんだろ」

「え……と……」

「おまえの感覚の方が、まともだよ。俺は、いい年をして少々夢を見ちまったんだな」

「夢……」

それは、先日居酒屋で話してくれた、矢吹を使うとかいう約束のことだろうか。いかにも自信家の蓜島が言いそうなセリフだったが、後輩の新人にそんな生意気なことを言われたくせに、恐らく矢吹の方も満更《まんざら》でもなかったのだ。だからこそ、「わくわくして」一課へ戻ってきた蓜島を出迎えたに違いない。

そう、だからこそ――相手のあまりの変化に落胆も大きかったのだ。

「けどな、蓜島は本当にデキる刑事だったんだ」

「ああ、その噂なら俺も聞いています。一課の研修中、何度も事件解決の糸口を見つけたって。ノンキャリ組の嫌みも涼しげにかわして、骨身を惜しまず現場へ通ったそうですね」

「巻き添え食らって、こっちはヘトヘトだったけどな。ま、俺も三十そこそこで若かったし、体力だけはあったからな」

「三十そこそこの矢吹さんか……」

「おい、反芻すんのそこじゃねぇだろっ」

早速ツッコまれて、冬真は「すみません」と笑う。二言目にはおっさん扱いしているが、実際は矢吹だってまだ三十五、六だ。どちらかと言えば、刑事として脂が乗っている年齢だろう。いつも眠そうな目をしていたり、いかにも男ヤモメな格好をしていたりするので、つい面白くてからかってしまうだけだ。

「そうだ、来月には娘さん、小学校入学じゃないですか。何かお祝い贈りましたか？」

「麻績、おまえには『気遣い』とか『遠慮』ってもんがねぇな」

「だって、俺が訊かなきゃ誰にも話せないでしょう？」

「…………」

矢吹が仕事に明け暮れている間に家庭は破たんし、彼は離婚の憂き目に遭《あ》った。けれど、一人娘はやっぱり可愛いらしく、こっそり財布に赤ん坊の頃の写真をしまっていることを冬真は知っている。別れた奥さんが頑《かたく》なに会わせない、と愚痴《ぐち》っていたが、せっかく面会を取り付けても事件発生でドタキャンが続けば無理もなかった。

「俺も、離婚だ親権だって騒ぎの時は疲弊したけどよ」

「はい？」

「女房を追い詰めたのは自分だって思ったし、ま、最初は面食らってすんなり協議離婚ってわけにゃいかなかったが……弁護士って人種に関わったのは、娘と面会させてくれって話が膠着《こうちゃく》しちまったせいだな。そんで、つい葩島のことも思い出した」

シートにだらしなく身体を埋《うず》め、矢吹はふぅ……と溜め息をつく。

「〝あなたはバカだ〟——まさしく、奴の言う通りだったよ」

「そんな……」

「いや、そうなんだ。もともと、結婚自体に無理があった。俺は、長続きするはずもないとわかっていながら、あいつと結婚したんだ。葩島には、お見通しだったんだよ」

「どういう……意味ですか……」

いくら遠慮のない口を利いていても、さすがにそこまで踏み込んだことはなかった。冬真は内心戸惑いながら、矢吹が話したいのなら、と先を促《うなが》す。だが、彼が口を開こうとした矢先、車は目的地のビルに到着してしまった。

「やべ。麻績、無駄話は終わりだ。行くぞ」

「は、はい」

地下駐車場に車を停め、急いで頭を切り替える。残念ながら、矢吹の過去に触れるのはしばらく先になりそうだった。

葵兄さま、と狩衣《かりぎぬ》の裾《すそ》をつんつん引っ張られ、葵はハッとして目線を落とす。傍らに巫女装束を纏《まと》った木陰《こかげ》と陽《ひなた》が立ち、二人揃《そろ》って不安そうにこちらを見上げていた。

「ボンヤリして、大丈夫？　厄除《やくよ》けの祝詞《のりと》、ちゃんと持った？」

「皆さん、もう拝殿で待っていらっしゃるよ。あ、ふりがな、ちゃんと確認したよね？」

「難しい名前の方がいらしたから、受付で母さんが確認取ってくれたけど」

「ああ、もう。烏帽子《えぼし》が曲がってるよ。ちょっと屈《かが》んで」

銀鼠色《ぎんねずいろ》の地色に薄藍の文様が入った狩衣と、青竹色の袴《はかま》。神事のために奥座敷で正装した葵に、双子は甲斐甲斐しく世話を焼く。特に、このところ何かと思い耽《ふけ》ってばかりだったので余計に心配をかけてしまったようだ。

「すまない、少し考え事をしていた。こんなことではダメだな。気を引き締めないと」

「そうそ。上の空で祝詞を唱えたって、神様には届かないよ」

「木陰の言う通りだよ。葵兄さま、くれぐれも読み間違えたりしないようにね」

「わかっている。集中するよ」

こまっしゃくれた説教を受け、葵は苦笑いをした。神様は『音』で願い事の内容や願い主を認識すると言われており、神事に於《お》いての言葉は殊《こと》の外《ほか》重要なのだ。

意識を鎮めるため、何度か深呼吸をする。

自分の務めは、願い主と神様の間を取り持ち、しっかりと橋渡しをすることだ。雑念など以《もっ》ての外だし、祈禱中に自身の憂い事などあってはならなかった。

（しっかりしろ。葩島さんの言ったことなんて、頭から追い払うんだ。俺は、禰宜として生きると心に決めている。迷う理由なんか、一つもないんだから）

今は神主の父を補佐する役目だが、いずれは高清水神社の六十八代目を継ぐことになっている。弟たちの前でも、神社の息子の良い手本として生きていかねばならなかった。

（そうだ、成り行きなんかじゃない。俺は、自分で決めたんだ。自分で……）

呪文のように言い聞かせ、緩みかけた緊張を懸命に取り戻す。だが、ふと着付け用の鏡に映る己の顔を見た途端、不謹慎にも昨夜の冬真を思い出してしまった。

（麻績……何も訊かなかったな……）

いつにない行動を取った自分へ明らかに不審を抱いただろうに、最後まで冬真は何も言わなかった。「勝手に悩むな」とは怒られたが、何があったのかは無理やり問い質《ただ》してこなかったのだ。その代わり、まるで「おまえは一人じゃない」とでも言うように、常より情熱的に何度も抱いてくれた。お陰で葩島からの誘いや被害者の弁護士のことを、たとえ一時だけでも忘れて眠ることができた。

（それにしても、本当に驚いたな。丸山先生が殺されたなんて……）

被害者は、葵が事件に巻き込まれた時にＤＶ夫の案件を担当していた弁護士だ。個人的な付き合いはなかったが、マスコミ受けの良い派手な依頼ばかり受けたがり、縁故で持ち込まれてきた家庭内の問題など欠片《かけら》も興味を持たなかった。

(丸山先生に限ったことじゃないが、依頼人が気の毒だった)

結局、丸山のそういう態度が依頼人と夫の両方を追い詰め、最悪の事態を招いたことは否《いな》めない。夫の暴力がエスカレートするのを、止める手段さえ丸山は講じなかった。そのくせ葵が事件に巻き込まれて被害が公《おおや》けになると、責任のほとんどをパラリーガルの独断という形で巧妙に収めてしまったのだ。

(でも、蓜島先生は俺を信じてくれた。だからこそ処分はされなかったのに……俺の方で辞めてしまった。丸山先生の元で働くのは、絶対に無理だとも思ったし)

できれば、もう思い出したくない出来事だ。

だから、冬真の口から丸山の名前を聞いた時、蓜島の言葉で不安定になっていたことも手伝ってつい取り乱してしまった。

(そんな俺を、麻績は全部受け止めてくれた。どこまでも俺に応《こた》えてくれて……)

疲れて眠りに落ちるまで、冬真はずっと愛し続けてくれたのだ。

吐息のくすぐったさ、腕の心地よさ、彼から与えられる全てが葵を癒してくれた。

(い……いけない、いけない。何を考えてるんだ、俺は……っ)

どんどん発想が不埒な方向へ向き出して、葵は慌てて現実へ返る。まったく、我ながら信じられない行動を取ったものだと、今更ながら羞恥に消え入りたくなってきた。

「葵兄さま？　やっぱり調子が悪いんじゃないの？」

「熱があるかも。顔、赤いよ？」

目敏《めざと》く双子に指摘され、ますます頬が熱くなってくる。これでは平常心どころか、挙動不審の怪しい人物だ。落ち着け、と何度も心の中でくり返し、弟たちの真っ直ぐな視線をなんとか受け止めようとした――が。

「葵兄さま、なんだか……」

「うん、何て言うか……」

木陰と陽は狼狽する葵を見つめ、やがて互いに目配せをして声を揃える。

「なんか、凄《すご》く綺麗！」

「はぁ？　なっ、何を言い出すんだ、おまえたちはっ」

「だって、本当のことだもーん。なぁ、陽？」

「巫女の目はごまかせなくてよ！　ねぇ、木陰？」

からかうんじゃない、と叱りつけようとしたが、彼らは無邪気に微笑み合い、意外にも真面目な眼差しを向けてくる。

「冗談じゃなくてね、顔つきが柔らかくなっていい感じだよ」

「うん。しかめ面で御祈禱するより、きっと神様の受けもいいと思うな」

「……罰《ばち》当たりなことを言うんじゃない。へらへらと祝詞が詠《よ》めるわけないだろう」

「そうかなぁ。僕たちが神様だったら、絶対エコヒイキしちゃうけどなぁ」

木陰の言葉に、隣で陽が「うんうん」と神妙に頷いた。それこそ罰当たりな発言だが、しかしお陰で散漫だった意識がだいぶまとまってくる。「綺麗」は勘弁してもらいたいが、冬真のことを想う時、自分が明らかに変化している事実はこそばゆかった。

『葵が少しでも俺のことを想うなら、おまえは幸せでなくちゃいけない。心の底から笑える毎日を、送ってなくちゃいけないんだからな』

冬真の言葉が、鮮やかに脳裏へ蘇る。

(麻績……俺は……)

もしかしたら、自分は答えを見いだせるかもしれない。

ふと葵は心強さを覚え、ようやく自信を取り戻した。

「よし、そろそろ拝殿へ行くぞ」

「はーい」

さらさらのおかっぱ頭を揺らし、双子が元気よく返事をする。

悩み事はしばし棚上げし、葵は本来の務めに集中することにした。

「犯行現場の監視カメラに、葩島さんの姿が？」

信じ難《がた》い情報を聞いて、思わず冬真は問い返す。上昇する警視庁のエレベーター内は自分と、同期で公安部にて研修中の中谷《なかたに》という刑事の二人きりだった。気さくな人柄で、彼が公安配属になるまでは割と親しくしていたのだが、互いの立場もあって、今はなかなか付き合いが難しい。それでも久しぶりに顔を合わせたのと、他に誰もいないエレベーターという密室内だったこともあって、こっそり極秘ニュースを教えてくれたのだった。

「おい、中谷。それ本当なのか。じゃあ、葩島さんは……」

「落ち着けって。うちの上司がちらっと言ってたんだよ。さっきまで、警察庁まで呼ばれて事情聴取を受けていたらしい。もう帰ってる頃だけど」

「まさか、彼が疑われているのか？　でも、事務所は葩島さんの父親のものなんだし、息子のあの人が出入りしてたからって別に不審なことは……」

「まぁな。けど、カメラに映っている以上、確認しないわけにはいかないだろ。ただ相手が相手なだけに、横関《よこぜき》管理官が直々《じきじき》で秘密裡《り》に行ったらしいぜ。さぞやり難かったろうなぁ。何歳も年下とは言え、自分の上司を取り調べるなんてさ」

「…………」

絶句する冬真に、中谷は苦笑して「葩島警視正もなぁ」と続ける。夜の捜査会議を終え、一課へ戻ってきた直後のまさかの事態に頭は混乱するばかりだった。

「数年後には警察庁に戻って、そのまま警察庁長官コースかと思ってたよ。そうしたら、いきなり弁護士事務所の経営者に転職だって？　立つ鳥跡を濁さず、の喩《たと》え通り、引き際《ぎわ》は綺麗にするタイプだと思ったのにな」

「え？」

「とぼけんなって。麻績だって聞いてるんだろ？　葩島さんが今の地位まで異例のスピード出世したのは、警察庁の上層部連中が彼を手駒に改革を目論《もくろ》んでいるからだって話だぜ。そのために、警視庁の一課へ配属されたんだろ？　あの人、立ち回りが器用だしな。それを途中放棄して辞めるとなれば、パワーバランスが崩れるって慌てている奴らがいるんだよ。涼やかな顔して、だいぶドロドロの世界に首を突っ込んでいたみたいだし」

「………」

その話は、うっすら冬真も耳にしたことがある。矢吹が聞いたら不快になるだろうと胸にしまっていたが、葩島は警察庁と警視庁の派閥争いにかなり関与しているらしいのだ。それなのに表立って派閥グループのどこにも認識されていないのは、中谷が言うようにそれだけ上手《うま》く立ち回っているからだろう。逆を言えば、彼が誰かの駒であると明言した時点で権力の椅子取りゲームに大きな動きが出てくるわけだ。

「その辺の身辺整理が終わらない限り、すんなり警察を辞められるとは思えないな。今度の事情聴取だって、そういう含みがあったんじゃないか？」

「……だろうな」

「上を目指すのも大変だ。俺たちは気をつけようぜ」

目指す階で扉が開き、中谷は屈託なく「じゃあな」と降りていく。彼は「すんなり辞められるとは思えない」と言ったが、すでに辞めることを前提としているからこそ、あそこまで話してくれたのだろう。つまり、裏でどんな取り引きがあったか知らないが、藍島が警察を辞めるのはすでに決定事項として認識されているということだ。

「矢吹さんも、本気で辞めるのか、とか言っていたけど……」

なんとなく釈然としないものを感じながら、エレベーターの扉を閉める。

先に一課へ帰っているはずの矢吹へ、監視カメラの件を話した方がいいのかどうか、冬真は到着までの数十秒の間に決めなくてはならなかった。


男は苛立《いらだ》っていた。有頂天になっていたのは、最初の一日だけだった。

「どいつもこいつも、バカにしやがって。あいつら何もわかっちゃいない。何にもわかってなんかいないんだ。畜生《ちくしょう》……畜生、畜生、ちくしょおおお——ッ」

薄暗い部屋の中、畳の上に広げた新聞紙をぐしゃぐしゃになるまで拳《こぶし》で叩く。そこには、目を引く見出しで『敏腕弁護士、刺殺される』と大きく載っていた。

「バカが……デタラメばっかり書きやがって……ッ」

記事はもう何十回となく読んだので、そらでも言えるほど頭に叩き込んである。

被害者の丸山武夫さん（38）は、T大法学部在学中に司法試験に合格し、八年前にヘッドハンティングで『蓜島弁護士事務所』に移籍。企業顧問を数多くこなし、近く独立の予定もあった敏腕弁護士で、法律に関する著作や講演会などでも活躍。その謙虚な人柄は多くの依頼人の信頼を集め——くだらない、くだらない、くだらない。

「このまま、おとなしく引き下がるものか」

男は、呻《うめ》くように毒を吐いた。一度は警察から逃げ切ることを考えていたが、こうなったからには刑務所に行くのも厭《いと》わない。たとえ捕まって死刑になろうと、構うものか。

「蓜島……ッ……」

ギリギリ、と全身が軋《きし》むほど歯ぎしりをした。元はと言えば、あの男が丸山を引き入れて重用したのが間違いの始まりだ。丸山の本性も見抜けず、しゃべりが上手くてマスコミ受けが良いというだけで『敏腕』の冠を付けた。そして、自分はまんまと騙《だま》された。最後の頼みの綱だと丸山を信用し、藁《わら》にもすがる思いで言われるままに動いた結果、会社は倒産して家族は離散し、莫大な賠償金を取引先に支払う結果となったのだ。

敗訴の判決が下った時、男は丸山へ詰め寄った。

あんたが任せろと言うから、俺は言う通りにしたんじゃないか。膨大な弁護士料だって、事務所に内緒で渡していたはずだ。それなのに、どうして。話が違うじゃないか。

そうしたら、丸山は小バカにした顔でせせら笑った。

『私は全力を尽くしましたよ。文句なら裁判官に言ったらどうですか』

その後、男は隠された真実を知った。丸山は、裏で告訴側の企業と通じ合っていたのだ。どう考えても男の会社より向こうの方が大手だったから、得する方を選んだのだろう。敗訴させるのを条件に多額の謝礼金を受け取っていることを知り、男は愕然《がくぜん》とした。丸山にどういうことかと慌てて釈明を求めたが、「証拠を出せ」の一点張りで取り合ってもくれない。

だから、あの日は覚悟を決めた。

証拠はちゃんとある、と丸山へ嘘をつき、休日の事務所へ奴を呼び出した。

「あの男はクズだ。何が〝弁護士は弱者の味方です〟だ。あいつの本性を世間に知らせるまで、俺は何だってやってやるぞ。あいつが、俺の人生をめちゃくちゃにしたんだ」

だが、憎むべき相手はもういない。葩島は病死したし、丸山は自分が直接手を下してやった。それでも尽きない憎悪の捌《は》け口は、一体どこへ向ければいいのだろう。

「そうだ。確か……」

皺だらけの新聞紙を、男は慌てて取り上げた。記事の最後に、引っかかる記述があったような気がする。丸山さんの勤める『葩島弁護士事務所』は責任者の葩島清孝《きよたか》氏が亡くなったばかりで、近く長男の蓜島蓮也《れんや》氏が……そう、これだ。この部分だ。

「蓜島蓮也……」

口の中で反芻し、男はにんまりと笑った。

どうせ死刑になるのなら、一人殺そうが二人殺そうが同じじゃないか。


矢吹は右手を挙げかけては下ろす、を先刻から十回はくり返していた。

課長室の扉越しに低くオーケストラの旋律が聴《き》こえ、まだ蓜島が中にいることを物語っている。だが、間もなく夜の十一時になろうという今、彼がいつまで残っているかはわからない状態だ。もっと突き詰めれば、いつまでこの部屋にいるかさえ心もとなかった。

「あーくそっ。麻績の野郎、余計なこと吹き込みやがって」

完全に八つ当たりだったが、こうなると毒づかずにはいられない。ただでさえ櫛《くし》をろくに入れていない髪をバリバリ掻《か》き、やっぱり止《や》めておこうか、と弱気になった。

『蓜島さんが、その……弁護士殺害の件で非公式に事情聴取を……』

言い難そうに打ち明けた冬真の顔を、矢吹は苦々しく思い出す。伝えるまでにさんざん逡《しゅん》巡《じゅん》したであろうことは、怖いもの知らずで生意気な彼が珍しく口ごもっていた点からも明らかだった。だが、それも無理はない。知ったところで何ができるわけでもないし、容疑者として逮捕されたとかいう話でもないのだから。

しかし、冬真は矢吹へ教える方を選んだ。どうして、と問い詰めたかったが、それより先に足が勝手にここまで来てしまっていた。

「……まぁ、俺に何ができるってわけでもねぇけどな……」

調書を取られたくらい、あの男は少しも気にしていないだろう。坊ちゃん育ちで繊細そうな外見とは裏腹に、あいつの心臓には毛が生えているに違いないと、矢吹は過去に何度も思わされたものだ。

「こっちが振り回されてワタワタしてんのを、涼しい顔で眺めてたっけなぁ」

キャリアで自信家、頭脳にも容姿にも恵まれ、生意気で毒舌だが理想のためには熱くなれる男。矢吹が冬真を後輩として可愛がるのは、彼自身の素養の他、どこか知り合ったばかりの蓜島を彷彿《ほうふつ》とさせる部分があるからだ。

「はは……まいったな……」

今まで気づかなかったし、認めたくもなかった。

けれど、とうとう矢吹はそのことを自覚してしまった。自分は、まだまだ青臭い夢を完全には捨てきれていなかったのだ。

「――いい加減に入ってくれれば？」

今度こそ、とノックをしようとした寸前、部屋からくぐもった声が聞こえた。え、と面食らっていると、おもむろに扉が開かれる。思い切り出鼻を挫《くじ》かれた矢吹の眼前に、些《いささ》か不機嫌な表情の葩島が現れた。

「何かな、矢吹くん。今日の報告なら山根警視の方へ……」

「い、いや、そういうことじゃなくてだな」

「じゃあ、用件は手短に。そろそろ帰ろうかと思っていたんだから」

「あ、そうなのか？」

「………」

だったら渡りに舟で引き返そう、と思った矢吹へ、葩島はますます気分を害したようだ。無言で身体を横に退《ど》けると、中へ入るように促してきた。

「呼び出しもしないのに、君から来るなんて驚きだな。捜査の方はどうなっている？」

「なぁ、葩島」

「矢吹くん。何度も言うようだけど、口の利き方には……」

「おまえ、事情聴取されたって本当か？」

「………」

こうなったら、遠回しな会話などかったるくてしていられない。

仕方なく腹を括《くく》った矢吹は、藪《やぶ》から棒に本題を口にした。案の定、葩島はすぐには答えなかったが、思ったほど動揺もしていないようだ。多分、矢吹が訪ねてきた時点で察しはつけていたのだろう。

「……麻績くんか」

「おい、勘違いすんなよ。あいつは、面白半分で俺へ話したわけじゃなくてだな」

「そうだろうね。ただ、麻績くんなら同期のキャリアが組織のあちこちにいる。情報収集は得意だろうと思っただけだよ。それに、知られたからって僕にはもう関係がないし」

「それは……警察を辞めるからか？」

ついこの前も、同じ質問をして「関係ない」と突っ撥《ぱ》ねられたばかりだ。

だが、今度は逃がさないと矢吹は胸の中で呟いた。

「辞めて、親父さんの事務所を継ぐのか。おまえが言っていた、〝現場に立って自分の手足を使った仕事がしたい〟ってのは、どうなったんだよ。ええ？」

「ずいぶん古い話を持ち出すね。大体、今の僕の立場で現場になんか立てるわけがないだろう？　組織のトップは、そうそう腰が軽くちゃ務まらな……」

「葩島！」

乱暴に遮《さえぎ》って怒鳴りつけると、呆然と葩島がこちらを見返す。

「てめぇ、何ひよってんだッ。だから、俺を使うんじゃなかったのかよ！」

「…………」

そう言った瞬間、蔀島が顔色を変えた。レンズの向こうで瞳が瞬《しばた》かれ、穏やかに取り繕っていた表情はそのまま石のように固くなる。

「蔀島、おまえが言ったんだぞ！　〝自分が使えそうなのは矢吹さんだけだ、警視になって一課へ戻ってくるまで待っててください〟ってな！　実際のおまえは予想より出世が早くて、警視どころか警視正になってたが、そんなこたどうでもいい。俺は……」

「矢吹さん……」

「なんだよッ」

「驚いた。大した記憶力だなぁ」

不意に口調がくだけ、くっくと蔀島が笑い出した。

声のトーンがやや低くなり、柔らかな響きがばっさり省かれる。少し投げやりで、少し楽しそうな、新人の頃と同じ不遜《ふそん》な声音だった。

「だったら、矢吹さんは覚えているはずですよね。その後、俺が何て言ったか」

「何……」

「この期《ご》に及んで、しらばっくれないでくださいよ。ズルいじゃないですか」

「お、おい……」

今度は、矢吹がたじろぐ番になる。意味深な目つきで詰め寄られても、蔀島の言わんとするところがわからなかった。だが、「わかりません」では相手は納得しないだろう。小バカにしたような葩島の視線を避けながら、矢吹は懸命に考えた。

「――つまんない……」

「え……」

「〝つまんない結婚なんかで、余計な時間を取られないでくださいね〟――だ。どうだ、間違いないだろ？」

「…………」

心外そうな表情から察するに、今ので正解だったようだ。矢吹は胸を撫で下ろし、どうだよと勝ち誇った気分で葩島をねめつけた。

「ふん、刑事の記憶力をバカにすんじゃねぇぞ。ざまぁみろってんだ」

「驚いたな。加齢で、脳細胞がどんどん死んでいるかと思ったのに」

「おまえなぁ、素直に負けを認めやがれ」

「別に、貴方と勝負はしていません」

すっかり昔のノリでやり取りをかわし、矢吹は不思議な感慨に耽る。こうしていると、葩島は少しも変わってはいないのだ。口調が改まり、態度がエリート然として鼻につくようになっていても、中身には何の変化も起きていなかった。

「正直、意外でした。矢吹さんが、そんなことを覚えていたなんて」

「そんなことって……現場知らずの新人が口にするにゃ、相当の心臓でないと言えねぇセリフばっかりだぞ。だから、俺だって覚えて……」

「そう。現場知らずでした。だから、言えたんですよ」

「蓜島……」

自嘲の響きが声に滲み、思わず矢吹は鼻白《はなじろ》む。

後悔しているのか、と問いかけたかったが、できれば返事は聞きたくなかった。

蓜島は眼鏡のフレームを指先で押し上げ、控えめな溜め息を一つ漏らす。それから、矢吹の目から逃れるように横顔を向けたまま、改めて口を開いた。

「俺が言ったことを覚えていたのに、貴方は一年もたたずに結婚した。能天気なハガキを寄越して、おまけに子どもが小さいうちに離婚して。忘れているならまだしも、ちゃんと覚えていたんじゃないですか」

「へ？　あ、いや、それは……それだろ」

「どれですか」

「いや、だからさ、あの時はそういう流れで……って、なんで俺がおまえに言い訳しなきゃなんねぇんだよ。変だろ、今の会話は」

「別に変なんかじゃないですよ。俺は、すっかり貴方に失望した。ついでに言うと、その頃は上司ともいろいろあったんです。組織の中で理想を持ち続けることがどれほど虚しい行為か、お陰で骨身に染みました。いくら一人で頑張ったところで、矢吹さんはもう当てにはできない。動かせる手足がなければ、身動きは取れません」

「動かせる手足……俺のことか……？」

肯定の意味なのか、蒄島が黙る。こいつでもこんな顔をするのかと驚くほど、彼は本気で悔しそうな表情を見せていた。

「おいおいおい。なんで結婚したくらいで、そこまで極端な結論になるんだよ。大体、おまえは俺の女房を知らないだろうが。あ、まさか、元カノだったとか言うんじゃねぇだろな」

「バカですか、貴方は」

「おっ、俺はただ可能性を……」

冷ややかに一蹴され、ますますわけがわからなくなる。すると、蒄島はいきなりこちらへ向き直り、貫くような眼差しで矢吹へ迫った。

「いいですか、俺が言ったのは〝つまらない結婚〟です。別に、矢吹さんが誰と結婚しようが構いませんが、貴方の選んだ相手に俺は納得がいかなかった」

「なんでだよ。別れたとは言え、沙紀《さき》はいい女だったぞ」

「ええ、美人でした。その美貌を生かしてヤクザの情婦になり、売春で何度も検挙されるくらいにね。若くて美人で愚かな、身寄りのない気の毒な女性です」

「てめ……」

知っていたのか、と怒りに身内が熱くなる。反射的に拳を握り締め、矢吹は危うく彼へ殴りかかるところだった。しかし、続く言葉を耳にした途端、そんな気持ちが一瞬で萎《な》えてしまう。蒄島は瞳を歪《ゆが》め、別人のように感情を露《あら》わにしながら言った。

「貴方は、同情で彼女と結婚したんだ。捜査の途中で知り合った彼女に、ヤクザと手を切りたいけど怖くてできないと言われ、自分の出世や世間体と引き換えに『結婚』という形で彼女をお日様の下に引っ張り上げた。違いますか？」

「………」

「警察関係者が前科持ちのヤクザの情婦を妻にすれば、どうなるかは考えるまでもない。確かに、貴方にはもともと出世欲なんかなかった。だけど、将来への道を安っぽい感傷で自ら閉ざしてしまうなんて、俺にはとても理解できない。貴方という人間が、まったくわからなくなりました」

おまけに、と彼は容赦なく吐き捨てる。

結局すぐに離婚して、貴方には何も残らなかったじゃないですか、と。

「窮屈な警察組織の中で、唯一信頼していたのが貴方でした。でも、俺はバカは嫌いだ。つまらない同情で刑事としての一生を棒に振るなんて、俺にはありえない選択です。そういう相手とは、命がけの捜査なんてできません」

「蒄島……」

「矢吹さん、もし貴方が……」

激昂《げっこう》しかけた己を、蓜島は必死で宥《なだ》めている。歪んだ顔つきと悲痛な瞳の色が、矢吹の目にはまるきり知らない男に映った。

「貴方が……その女性を愛していたなら、俺は……」

唇を微かに震わせ、絞り出すような声が悲しく響く。

「おめでとうございます、と言えたんだ。一課へ戻るまでもう少しです、と」

「………」

「だけど、俺にはそうは思えなかった。貴方が彼女を愛して、愛されて、自然な流れで結婚に至ったとはどうしても。どうですか、俺の言ってること間違っていますか？」

挑戦的に見据えられ、矢吹は何も答えられなかった。否定しようと思えば簡単だったが、蓜島の話に「違う」とは言えない自分がいる。後悔こそしていないが、沙紀を幸せにできなかった一番の理由は、きっと彼の指摘した通りだからだ。

「俺は、近々警察を辞めます」

長く息を吐き、徐々に冷静さを取り戻しながら蓜島が呟いた。

「どのみち、警察官でいる意味はとうに失くしていました。出世ゲームももっと面白いかと思っていたけれど、上り詰めたところで何が待っているわけでもないし」

「おまえは……犯罪を減らしたい、と言ってたぞ。そのためには、早く上り詰めないとって話していただろうが。それは、もういいのか？　諦《あきら》めたのか？」

「俺の理想は、俺の中の矢吹さんと一緒に死にました。求めるものがなければ、力ばかりを手にしても空っぽになるばかりです。それなら、父が残した事務所を守る方がまだマシだ。警察庁入りした時は、ずいぶん父をがっかりさせましたからね」

「…………」

「……しゃべりすぎたな」

壁の時計へ視線を走らせ、蓜島は疲れた声を出した。

蓜島の本音。変わってしまった理由。今語られたことが全てではないにしても、原因の一つが自分だったことは否めない。矢吹は半ば呆然とし、彼へかけるべき言葉を見つけることがどうしてもできなかった。

「じゃあ、僕はお先に失礼するよ。矢吹くん」

「え……」

一瞬前までの激情が跡形もなく消え失せ、見慣れた蓜島が澄ました様子で帰り支度を始める。彼は春用の薄手のコートを腕にかけ、牛革の高級そうな黒鞄《くろかばん》を手にすると、にっこりと感情のない微笑を矢吹へ向けた。

「この間も言ったように、私用で明後日から数日欠勤する。捜査のことは山根警視に一任してあるから、麻績くんと二人で頑張るように。一日も早く犯人が捕まらないと、僕も安心して辞職し、事務所の業務を再開できないからね」

「蒟島……」

「監視カメラの件は、型通りの調書を取られただけだから。僕があそこへ出入りすること自体は、何ら不自然なことじゃないし。まぁ、弁護士なんて連中は逆恨みなんて幾らでもされているだろうから、容疑者を絞るのは楽じゃないかもしれないね。それじゃ」

一方的に言いたいことだけ言うと、蒟島はさっさと課長室を出て行く。追いかけようか、と迷いが浮かんだが、矢吹はそこから動くことができなかった。

追いかけて、捕まえて――蒟島に何を言ったらいいのか、少しもわからなかった。

4

どうした、と葵の声が耳へ流れ込んだ瞬間、冬真の全身から疲れが五割は吹っ飛んだ。凛《りん》としていながら、自分にだけ甘さが仄かに滲む声音。これを堪能できるなんて、恋人の特権と呼ばずしてどうしようか。

『また、電話口でニヤついているんだろう。気配でわかるぞ』

やや呆《あき》れたように溜め息をつかれ、冬真は慌てて表情を引き締めた。捜査本部に詰めて三日目、あと一時間もすれば朝の捜査会議が始まる。こういう時、葵が早起きで良かったとしみじみ感謝してしまう。ただでさえ緊張の続く中、愛する相手の声が聞けるだけでも、一日を頑張る気力がチャージできるのだ。

『花見？　ああ、K公園は満開まであと二週間ってところだな。どうだ、そっちの仕事の方は……と、すまない。訊いても答えられるわけがないな』

「ああ、悪い。だけど、花見ができそうになったら、すぐ連絡するよ。冬美《ふゆみ》にも伝えておいた。あいつ、すごく楽しみにしてるってさ。木陰たちの弁当も、期待してるって」

『そんなことを聞いたら、あの子たちはますます調子に乗るぞ』

微かな笑い声が、空気を伝わってくる。

『とにかく、身体にだけは気をつけてくれ。無茶をするなと言っても、聞きはしないだろうけどな。おまえ、犯人を前にすると何をやり出すかわからないようだし』

「ね、年末のことなら、たまたまだろ。矢吹さんと組んで行動してるから、そうそう無鉄砲な真似はしないって。葵こそ、人のこと言えないじゃないか」

『じゃあ、お互い気をつけるか』

てっきり怒るかと思いきや、葵はもう一度笑った。穏やかな音色は、彼が水のように落ち着いた、柔らかな眼差しをしている様子を伝えている。このところ、何かに思い悩んでいる顔ばかり見てきただけに、冬真は心の底からホッとする思いだった。

「葵、結論が出たのか？」

『え……？』

「…………」

『……いや、正直に言うとまだだ』

葵は、気負いのない口調で素直に答える。

『だけど、麻績が言ってくれただろう。優先順位をつけて、一つずつゆっくり乗り越えればいいと。あれを、実践してみることにした。おまえも仕事で頑張っているんだし、会えない時間の間に俺も出口を探そうと思う。そこで出した結論がどんなものでも、おまえは受け止めてくれるんだろう？』

「もちろん。別れ話でない限りは」

『こら、言霊《ことだま》というものがあるんだぞ。縁起でもないことは言うな』

若干慌てた風なのが、冬真を思わず微笑ませた。

恋に落ちて、手探り状態で先を焦って、諍《いさか》いや擦れ違いを数多く経験してきた。だが、自分も葵も出会った頃より確実に変わってきている。頑なだった葵はしなやかさを増し、不器用ながら徐々に己の弱さを隠さなくなってきた。それは、彼が本当の意味での強さを身に着けつつある証《あかし》だ。冬真は、そんな葵が一層愛おしい。

だから、自分も前を見続けようと思う。

まだ悪夢からは解放されないし、車椅子の冬美を見れば胸が痛まずにはいられない。それでも、理不尽な犯罪から目を逸《そ》らさないことで、これからも刑事の自分にできることを己へ問いかけていこうと思った。

(たった一つの恋愛で、生き方まで変わるなんて信じられなかった。でも、俺には葵がいると思うだけで、以前とは違う満ち足りた気持ちが胸に湧《わ》いてくる)

葵の傷も冬真の痛みも、一朝一夕に消えることはない。

それでも、互いを抱き締める腕さえあれば、何とかやっていけるだろう。

『実は、蓜島さんから打診されていたんだ』

「え？」

少しの間を空けた後、葵がいきなり打ち明けてきた。蓜島絡みではないかと薄々想像はしていたものの、やはり冬真はびっくりする。

「打診って……もしかして、弁護士に戻るのか？」

『俺は、まだ資格を取っていないよ。事務所に再就職して、改めて目指してみないかと言われたんだ。あの人は、俺が事務所を辞めた経緯を知っている。でも、父親である蓜島先生が存命中は俺が戻れないと思って、ずっと気にかけてくれていたんだろう』

「そうか……それで二千円……」

『二千円？　何のことだ？』

訝しげに問い返され、落ち着いたらな、と苦笑いで答えた。蓜島から預かっているお茶代は、まだ葵へ渡しそびれたままだ。

「葵、禰宜を辞めるのか？　いや、もともと休みの間だけ手伝っていたんだっけ。神職は辞めなくても弁護士の勉強はできるしな」

『さっき言ったじゃないか、まだ結論は出していない。昔とは状況が違うし、俺ももう二十七だ。やるからには一つの道で、しっかり腰を落ち着けたい』

「葵……」

『麻績だって、そうしているだろう？　神職も弁護士も、一生を打ち込むつもりなら片手間にできるものじゃないし。うちは弟たちがいるから、何が何でも俺が継がないといけないと言うことはないが、やはり長男としての責任はあるからな』

「双子たちは、何か言ってるのか？」

『そうだな。ずいぶん前に俺が麻績と付き合うことで戸惑っていたら、自分たちが冬美ちゃんと結婚して継ぐから心配はするなと言われた』

「なにおうっ！」

聞き捨てならない人生設計に、思わず冬真はムッとする。しかし、相手はまだ中学生だ。ムキになってどうする、と急いで自分を窘《たしな》めた。

そろそろ、会議が始まる時間だ。冬真は後ろ髪を引かれる思いで、また連絡する、と葵へ告げる。容疑者のリストアップがようやく完了し、これから一人一人をしらみ潰しに当たっていく、気の遠くなるような作業が待っていた。だが、結局この地道な地回りが犯人逮捕には一番の近道になるのだ。

――と。

「麻績、おまえここにいたかっ。すぐ来いっ、新情報が入った！」

息を切らせた矢吹が、血相を変えてこちらへ駆けてくる。仮眠室で寝ていたところを飛び起きたらしく、寝癖もそのまま、型崩れしたスーツの上着は皺くちゃになっていた。

「悪い、葵。電話切るからな！」

『わかった……頑張れよ』

「おう」

携帯電話を切るなり、矢吹と一緒に会議室へ向かって走り出す。

頭の中は、すでに犯人逮捕への情熱で一杯になっていた。


電話を切った葵は、小さく息をついて微笑んだ。

客観的に見れば、自分の悩みには何一つ答えなど出ていない。それでも、冬真へ正直に話せたことで心もちは大きく違っていた。成り行きで禰宜を選んだ引け目は消えないが、大切なのはきっかけではない。そんな当たり前のことが、素直になった途端、視界が開けるようにストンと胸へ落ちてきた。

「おっはよう、葵兄さん」

「早朝ラブコール？　いいね、〝終わらない蜜月〟ってヤツだね」

「あ、陽。それ、『牝犬《めすいぬ》と淫乱デート』のセリフじゃん。パクんなよ！」

「嫌だなぁ。インスパイアって言ってくんない？」

「だって、まんまじゃん！」

「おまえたち！」

勝手に部屋へ乱入してきて騒ぎ出す双子を、葵はウンザリと叱りつける。せっかくほのぼのした気持ちでいたのに、「牝犬」の一言で台無しだ。もし『朝から聞きたくない単語ベストテン』があったら、間違いなく上位にランクインするだろう。

「くだらないことを言ってないで、のんびりしていると遅刻するぞ。それと、おまえたちが学校へ行っている間に、その……犬の本は処分しておくから。いいな？」

「え、何だろ。聞こえなーい。な、木陰？」

「うん。僕たち、犬の本なんか持ってないもんな、陽？」

「葵兄さん、ちゃんとはっきり言ってくんなきゃ」

「そうだよ。わかんないよ」

ニヤニヤと二つの同じ顔から言い返され、たちまち言葉に詰まった。壁際まで追い詰められる葵へ、双子は容赦なく「はっきり言ってよ！」と要求する。

「う……だから……」

「どうやら、言えないようだよ、木陰。許してあげる？」

「甘やかしちゃダメだよ、陽。おまえだって聞いてみたいだろ？　葵兄さんの口から、〝牝犬〟って単語が出るところを！」

「録音したら、ハンサム刑事《デカ》に高く売れるよな！」

「当ったり前じゃん。毎晩、寝る前に聞いちゃうだろうね」

「いい加減にしなさいっ！」

たまりかねて大声で怒鳴ると、あまりの声の大きさに双子が目を白黒させる。葵は肩で大きく息をしながら、弟たちを交互に睨みつけてきっぱりと言い切った。

「いいか、今後一切、兄さんの前で〝牝犬〟とは言わないように！」

「言った……」

「うん、言ったね……」

「あ……っ……」

しまった、と思ったが、もう後の祭りだ。葵は顔を真っ赤にし、「言った！　言った！」とはしゃぎまわる双子に強い敗北感を味わう。がっくり脱力して部屋から去ろうとしたら、その背中へ明るく「葵兄さん！」と声をかけられた。

「ごめんってば。あのね、僕たち葵兄さんに話があるんだ」

「実は、冬美ちゃんのことなんだけど」

「え？」

今度はどんな悪さを思いついたのかと、慌てて葵は振り返る。冬真の溺愛《できあい》する妹に、彼らが万が一でも失礼なことをしては面目《めんぼく》が立たない。

「おまえたち、冬美ちゃんに何かしたのか？」

「そうじゃないよ。ていうか、冬美ちゃんって凄く人見知りなんだよね」

「性格は明るいんだけど、慣れるまではおとなしいって言うか」

「葵兄さんは何度か会ってるし、ハンサム刑事と仲がいいから警戒はしないだろうけど、お花見の前にもうちょっと距離が縮まっているといいんじゃないかなぁと思うんだ」

「そうそ。そしたら、当日はきっと皆でもっと盛り上がれるじゃない？」

「距離か……」

二人が言うことはもっともなので、葵は（成る程）と感心した。確かに、冬美と自分は個人的な会話をしたことがほとんどない。彼女と会う時は大抵襧宜姿でいるので、向こうも自然と畏《かしこ》まってしまうようだ。

「今日さ、放課後に冬美ちゃんに会いに行くんだ」

「僕たち、時々リハビリの手伝いに行ってるんだよ」

葵が関心を示したので、双子は張り切って口を揃えた。

「それでね、葵兄さんも一緒に行かない？」


瀟洒《しょうしゃ》な住宅街の一角に、早咲きの桜が一本植えられている。蕾《つぼみ》もかなり膨らんで、まばらだが花が咲いている枝も幾つか見受けられた。このまま晴天が続けば、もう数日で満開になりそうな勢いだ。殺伐《さつばつ》とした緊張感を抱いて出てきた冬真は、ほんの束《つか》の間《ま》、昂《たか》ぶっていた神経を宥めてもらえたような気持ちになった。

「麻績、拳銃はすぐ抜けるようにしておけよ」

隣で自分同様に腰を屈め、生垣に身を潜めている矢吹が小さく囁く。斜め向かいに建つ周囲でも一際《ひときわ》大きな屋敷が、自分たちの本当の目的地だ。夕暮れが近づき、風が冷たさを増してきたが、寒いと感じる心の余裕などどちらにもありはしなかった。

『弁護士刺殺事件』の捜査本部に、犯人に関する有力な情報が入ってきたのは今朝早くのことだった。意外にも、犯人だと名乗る人物から直接N署へ電話がかかってきたのだ。声にはエフェクトをかけていたが、科捜研の声紋分析で相手は中年男性で特定の訛《なま》りはなく、どこか広めの室内から携帯電話でかけてきていることが判明した。

捜査本部はすぐさま発信源を探し、電話の主の特定に努めたが、生憎《あいにく》とその線はあっさり暗礁《あんしょう》に乗り上げた。居場所を突き止められないよう、相手は海外の中継地点を幾つも経由していたからだ。だが、話した内容には事件関係者でなければ——もっと端的に言えば、犯人でなければ——わからないような事柄が含まれており、悪戯《いたずら》の可能性はぐっと低くなった。

犯人が電話をかけてきた目的は一つ。

報道されている被害者、丸山武夫の人物像には根本的な誤りがある。それを正せ、というものだ。美化された虚偽に満ちたプロフィールに激しい怒りを抱いている、と彼は言い、もしマスコミを通して訂正がされなければ、新たな被害者を生むと予告してきた。

「でも、まさかそのターゲットが蓜島さんになるなんて……」

「家まで乗り込んでいくからには、犯人もかなり切羽詰まってるってことだな」

完全に陽が落ちてしまうと、闇に邪魔されて行動が取り難くなる。犯人が人質を取って立てこもっている場合、時間が長引けばそれだけ人質の生命の危険度も増すし、そうなる前に何とか手を打ちたいところだった。

「麻績、応援はあとどれくらいで来る?」

「三十分弱かと思います。ただ、犯人に悟られたらお終《しま》いですから、ここまで近づくのは容易じゃないでしょう。ドラマみたいに、メガホンで説得するわけにもいかないし」

「まぁな。犯人だって、早々に居場所がバレてるとは思ってないだろうよ。蓜島が機転を利かせて携帯を切らずにいたことは、まだ気づかれちゃいねぇようだしな」

「俺たちの存在がバレなければ、動きようはありますよ」

「……そういうこった」

念のため拳銃のチェックをし、矢吹が険しい顔つきで頷いた。

犯人が押し入ってきた時、偶然にも彼は蓜島と携帯電話で話をしている最中だった。捜査から外れているとはいえ、仮にも蓜島の父親の事務所で起きた事件だ。捜査に進展があったことを、いち早く伝えてやりたかったのだ。

「例によって、興味なさげに〝ご苦労様〟とか言われたけどな」

「でも、矢吹さんのお節介が功を奏して、俺たちだけでも先に駆けつけられたんですし」

「……お節介って言うな」

残念ながら、矢吹にこっそり声をかけられた冬真が一緒に蔀島宅へ向かう途中、蔀島の携帯はバッテリーが切れたようで不通になってしまった。だが、クッションか何かの下に押し込められたのか聞き取り難くはあったが、押し入った人物が一名だということ、凶器は刃物のみということまでは把握できている。

「蔀島の野郎、武闘派じゃねぇからなぁ。一応、護身術くらいは習ったはずだが、まぁ期待はできねぇだろうな。麻績、おまえは何かやってたよな、確か」

「大学まで、柔道と剣道をやってました。今も、たまに道場へは行きますよ」

「おお、そうだった。ま、要するに頭でっかちじゃ刑事はダメってことだ」

筋肉だけでもダメだと思うけど……とか言うとまたややこしくなるので、冬真は賢く黙っていた。何にせよ、今は蔀島救出が先決だ。

「時間がなかったので見取り図までは無理でしたが、大体の構図はこうです」

矢吹に運転を代わってもらい、車中で急いで描いたので、線がよれよれになっている。それでも、大まかな屋敷内の様子がわかるだけでも有難かった。蔀島邸の外観写真を一級建築士の友人のＰＣへ送り、大体の当たりをつけてもらったのだ。

「麻績、おまえすげぇな。よし、んじゃ犯人の侵入ルートを探って俺たちも行くか」

「はい」

「弁護士の殺し方から見ても、犯人はプロじゃない。怨恨が動機の素人《しろうと》だ。こっちが落ち着いて行動すりゃ、長引かせずに逮捕できる。いいか、焦るなよ？」

「わかっています」

初めに二人だけで向かったのは、事件の規模が確認できなかったからだ。蓜島は大事になるのを避けたいだろうし、無駄に犯人を刺激すると逆効果になる可能性がある。また、場所が高級住宅街の真ん中という問題もあった。

現場を目視し、大雑把な状況を掌握してから冬真が捜査本部へ連絡をする。しかし、自分も矢吹も応援が到着するまでには、できれば犯人を確保しておきたかった。

「蓜島さん、さぞ苦々しい顔をしているでしょうね」

犯人がどこから見ているかわからないので、注意しながら屋敷の裏手へ回る。だが、よもや警察がすでに駆けつけているとは思っていないだろうし、一人なら人質が逃げないよう注意しているだけで精一杯なはずだ。矢吹が侵入口と思われる鍵の壊された裏口を見つけ、先にたってそろそろと中へ入っていった。

「なぁ、麻績。俺は、あいつが……蓜島がどんな顔をしているか、きっと当てられるぞ」

「え？」

先ほどの、冬真の呟きに対する答えなのだろうか。足音を忍ばせて奥へと進みながら、低く声を殺して矢吹は言った。

「萢島は、多分――笑ってるよ」

「人質にされているのに、ですか？」

「ああ。どういう経緯で犯人が萢島を狙ったんだか知らねぇが、あいつは俺に言ったんだ。弁護士はどこで逆恨みされているかわからない、とな。実際、おまえの大好きな禰宜さんの事件だって、完全な逆恨みだろう？」

「……はい」

「これから親父さんの後を継ごうって時に、萢島は負の遺産まで引き継いじまったんだ。あの屈折した捻《ひね》くれ者の男なら、絶対に笑ってるさ。賭《か》けてもいい」

やけに自信たっぷりに断言され、冬真は苦笑するしかない。

ひどく場違いな感想だし、口にしたら矢吹が烈火の如《ごと》く怒るだろうから言わないが、なんだか惚気《のろけ》でも聞かされているような気分だった。

「矢吹さん、二階で物音が……」

「ああ。間違いねぇ。上だな」

苛々《いらいら》したような足音が、忙《せわ》しなく動いては天井を軋《きし》ませている。冬真は矢吹と顔を見合わせると、銃を構えて階段の方へ向かっていった。

あのね、と両手首をガムテープで巻かれた蓜島は深々と溜め息をついた。

「こんなことをしても、何にもならないよ？　丸山弁護士の件だけなら、やりようによっては世間の同情票を集められただろうけど、無関係の僕を巻き添えにしたとなると……」

「うるさい、黙ってろッ」

「世論は、いっきにバッシングへ傾くだろうね。情状酌量の余地もなし。まぁ、君が乱入してきた時に〝どうせ死刑だ〟って騒いでいたから、むしろそうなる確率が高くなって本望なのかもしれないけど」

「黙ってろって言ってんだ！」

口角に泡を溜めて喚《わめ》く男を見て、蓜島は嫌悪で眉間に皺を寄せる。わざわざ有休を取ったのは弁護士事務所再開の下準備をするためであって、言いがかりに近い形で人質になるためではないのだ。だが、相手にはそんな理屈は通じはしないだろう。

(しかも、よりによって矢吹さんと電話の最中に。最悪だな)

先日、いつになく感情的になって矢吹と言い合ったことを、蓜島は心の底から悔やんでいた。どうせ警察を辞めるなら、あんな女々《めめ》しい恨み言など口にせずに彼の前から消えたかったのに、まさか食い下がってくるとは思わなかったのだ。

（俺が警察を辞めたからって、何なんだ。あんなに、俺を嫌っていたくせに。いっそ、いなくなって清々する、くらいのこと言ってほしかったな。拍子抜けだよ）

矢吹は自分を「変わった」と責めるが、ずっと以前から蓜島の方こそ彼にそう言ってやりたかった。あんたのは愛情じゃない、同情だ。それが本人にとって、どれだけ屈辱的な行為かわからないのか。そう罵《ののし》ってやりたい衝動にかられたのは、一度や二度ではない。

（でも……恐らく違うんだろうな……）

野良犬のように室内をうろうろする男を眺め、蓜島はもう一度溜め息をついた。

矢吹が同情で結婚したとして、それを怒る権利など自分にはない。責めることができるのは彼の妻だけで、もしも彼女の側でも打算があったのならむしろ矢吹は被害者だ。部外者にお門違いの理由で責められた日には、彼だってやっていられないだろう。

けれど、腹が立ったのだ。

私生活を犠牲にしてでも犯人検挙にまい進する、刑事バカだと信じていた。そんな相手に生涯の伴侶を求める気持ちがあったなんて蓜島は想像もしていなかった。

（まぁ、俺が勝手に彼へ期待をかけていただけなんだけど）

矢吹だけは、違う存在だと思っていた。出世しか頭にない同僚、少しでも楽することしか考えないノンキャリア組の先輩刑事たち。ウンザリするような輩《やから》の中で、矢吹はまったく異質の人間に見えた。要領が良いとは言えず、上司とぶつかってばかりの無骨者だが、自分とまるきり違うのに何故《なぜ》だか同じものを抱いているように感じた。

（それが何なのか、見極めてみたいって時期もあったな。今となっては、俺も青かったってことなんだと思うけどね。そもそも、期待するのが間違いだったんだ。あの人は、単なるしょぼくれたオヤジだ。後輩にシャツの替えを借りるような、情けないおっさんなんだから）

それなのに、と現状を鑑《かんが》みて心が重たくなる。

父子家庭の乾島は、もともと都内にマンションを買って一人暮らしをしており、この屋敷には父親と通いの手伝いがいたきりだ。父親が死亡したのを機に屋敷も売り払うことにし、手伝いにも充分な退職金を渡して暇を出した。その手伝いが帰った直後に、いきなり見知らぬ男が侵入し、ナイフで自分を殺すと脅《おど》してきたのだ。

まさに、そのことについて矢吹から報告を受けていた真っ最中なだけに、乾島はひどく驚いた。あんまりタイムリーだったせいで、うっかり抵抗の時機を逃したほどに。

「警察は、どうせ俺の言うことなんか取り合わないだろうよ。だから、先におまえを殺した方が話は早いんだ。あいつら、犠牲者が出なきゃ何もできないんだろう？」

「まぁ、その点は否定しない」

「警告したのに犠牲者が出た、そういう流れなら俺の要求も通りやすいさ。俺は、丸山を美化したマスコミにも謝罪させる。そこまでできりゃ、後は死んだっていいんだ」

「成る程ね。でも、理屈が通っているようで実際はめちゃくちゃだ」

「ふん、言ってろ」

やれやれ、と苦笑いを浮かべる葩島の目の前で、男がナイフをちらつかせる。年格好は四十代後半、筋肉質で体格の良い彼は意外に動きが俊敏で、葩島は咄嗟《とっさ》の攻撃をかわしきれずに右の二の腕をすでに切られていた。傷はそう深くはないが、格闘して勝つ自信はない。

「何を笑ってやがるんだ？　おまえ、俺が本気で殺すと思ってないんだろう？」

「そんなことはないさ」

親不孝をした罰がこれなら、仕方がないのかな。

そんな風に考えながら、葩島は淡々と口を開いた。

「君の目論み通りに進めるなら、警察へ電話をかけてから数時間は様子見をしないとならないじゃないか。警告をした直後に殺していたとなれば、それは警察の落ち度にはならない」

「……すかした野郎だ」

「でも、まぁそろそろだね。夕刊はとっくに終わってるし、そこに丸山弁護士に関する新情報は載っていなかった。犯人が怒って殺害予告を実行するには、ちょうど頃合いだ」

「…………」

どこまでも他人事《ひとごと》のような口をきく葩島に、男は少々不気味なものを感じたようだ。胡散《うさん》臭い目つきで睨まれ、些か葩島は傷ついた。いくら何でも、人殺しから「なんだ、おまえ」

という顔をされるのは心外の極みだ。

(さてと。矢吹さんは、どう動いているかな)

犯人の侵入に気付いた瞬間、携帯電話を切らずにクッションの下へ隠した意図を、彼はちゃんと汲《く》み取ってくれるだろうか。いや、あの男は頭の回転が悪いわけではないから、そこは心配するポイントではない。問題なのは、わかっていて無視をする場合だ。

(ありえるな……矢吹さんだから)

まいったな、と思いながら、そういう男なんだと笑いがこみ上げてくる。

わかっていた。矢吹と自分は価値観も大切なものも、何もかもが違う。そこが面白いし、惹かれていた。バカは嫌いだったが、「バカな男」はそんなに嫌いじゃない。

残念だ、と蔀島は心の中で負けを認めた。

とことん、自分たちは歩いている道が違うようだ。


予想された見取り図によると、二階には四つの部屋がある。階段をそろそろと上がった冬真と矢吹は、細心の注意を払いながら足音の聞こえる方向へ進んでいった。

「位置的に考えると、二人がいるのは廊下の突き当たりの部屋ですね」

「どうやって入る？　中の様子がわからねぇんじゃ、強行突破ってわけにゃいかねぇぞ」

「じゃあ、方法は一つしかないじゃないですか」

「……だな」

自然と顔を見合わせ、互いに考えていることを確認する。次の瞬間には、冬真が隣の部屋のドアノブをそっと回していた。物音に注意しながら中へ入る寸前、奥の部屋の前で銃を構える矢吹へ目配せをする。突入は五分後。タイミングさえずれなければ、待機する彼と挟み撃ちで犯人を手早く確保できるはずだ。ただし、少しでも呼吸が合わなかったら、蒄島の命を更なる危険に突き落としてしまう。

（でも、矢吹さんは一刻の猶予もないと言っていた。俺も……そう思う）

犯人は警察に要求を呑ませるために、新しい犠牲者を必要としている。単なる脅しならともかくすでに人を一人殺していることから考えても、予告を実行する可能性は高かった。まして、蒄島は事務所の関係者だ。直接の利害はなくても、行きずりの人間を傷つけるよりは犯人側のためらいは少ないだろう。

（話し声がする……ということは、蒄島さんは無事なんだな）

そう簡単にやられたりはしないと信じていたが、やはり冬真はホッと安堵する。夕暮れの闇の中、家具にぶつからないよう気をつけながらベランダまでたどり着くと、全神経を集中させてサッシの窓を十数センチ開いた。

（外から確認した時、どの部屋もカーテンが閉められていた。だから、影にさえ気をつければ犯人にこちらが見咎められる心配はない）

蓜島邸の二階は、広々としたベランダが四つの部屋のうち三部屋をぐるりと取り囲んでいる。要するに、ベランダ伝いに移動することが可能なのだ。

冬真は息を殺して隣の部屋へ近づき、ふと視界を掠めた花弁にドキリとした。

（あ、桜か……）

先ほど見ていた早咲きの樹から、風に乗って流れてきたのだろうか。不思議と緊張が嘘のように失せ、早足だった鼓動が普通に戻った。

（——よし）

腕時計で時間を確認し、長針がきっかり五分後を指すのを待つ。冬真は銃を取り出し、窓ガラスの鍵に銃口を向けた。心の中でカウントダウンを始め、小さく深呼吸をする。

（五……四……三……二……一！）

手のひらに痺《しび》れるような衝撃が走り、ビシッと鋭い音と共に一瞬で窓ガラスにひびが走った。蜘蛛《くも》の巣のような文様を肘《ひじ》で叩き割り、冬真は機敏に室内へ飛び込む。

「誰だッ！　何だッ！」

右手のナイフを振りかざし、大柄な男が仁王立ちになっていた。出入り口では扉が開放され、矢吹が両手で銃を構えているのが見える。男は左手で蓜島の首を抱え込み、矢吹と冬真を交互に睨みつけた。

「警察だ！　ナイフを捨てろ！」

「寄るなぁっ。こいつを殺すぞ！　近寄るなぁッ！」

「ちょっと、首を絞められると苦しい……」

「うるせぇっ！」

葩島が顔を歪めて抗議すると、男は逆上してナイフを彼の胸へ突き立てようとする。冬真が反射的に前へ飛び出し、身体ごと男へタックルをした。弾みで大きくバランスを崩した隙に、葩島がすかさず男の腕から逃れ出る。

「畜生ぉぉぉぉ――ッ！」

男はむちゃくちゃにナイフを振り回し、今度は冬真に襲いかかった。葩島がハッと息を呑み、男を力ずくで止めようとする。

それを、矢吹の一声が止めた。

「葩島、おまえは動くな！」

叫ぶのと同時に、男の足元へ威嚇《いかく》射撃をする。狙いは正確で、男の右足のほんの数ミリ手前で音が跳ねた。瞬時に相手は硬直し、冬真は素早く体勢を立て直す。

「矢吹くん……」

「いいか、おまえは前線へ出るな！　俺が動く！　俺に命令しろ！」

「…………」

銃口をピタリと犯人へ定めたまま、矢吹は鋭い声音で叫んだ。かつてない真剣な表情に、蓜島は圧倒されているようだ。こんなに厳しい矢吹も、絶句して立ち尽くす蓜島も、冬真にはどちらも信じられない光景だった。

「……矢吹くん」

やがて、蓜島が深く息をついた。

彼はゆるゆると微笑を刻み、取り澄ましたいつもの顔になる。

「犯人確保。――速やかにね」

「おう」

ニヤリと矢吹が応じた。

すっかり戦意を喪失した犯人は、半ば呆然としながら矢吹が近づくのを見ている。

彼が手錠を取り出し、男の手首へかけた直後、蓜島が割れた窓ガラスを呆れたように眺めながら「派手にやったね」と呟いた。

桜色に染まった空の下を、双子たちが元気よく走っていく。彼らは途中で立ち止まると、電動式の車椅子で追いかける冬美の元へ揃って駆け戻った。そうして、どちらが先に車椅子を押すかで口喧嘩《くちげんか》を始め、呆れた冬美に窘められている。

「平和だなぁ……」

しみじみと、言葉が溢れてきた。のんびり整備された遊歩道を歩く冬真の隣では、私服姿の葵が同じ速度で歩いている。

「麻績、結論が出たぞ」

「ん？」

「禰宜と弁護士、どちらを選んで生きていくか。その答えを俺は見つけた」

緩やかな春風に心地よさげに目を細め、葵は静かな口調で言った。

「俺は――このまま禰宜を続けるよ。数年後には神主になって、高清水神社を守っていく」

「葵……」

「迷っていたのは、まだ悔いがあったからだ。やり残したことがあるような気がして、どうしても弁護士の夢を振り切ることができなかった。でも、気がついたんだ。俺が未練を持っていたのは弁護士という職業じゃない、挫折したという敗北感にだったんだ」

「………」

それは、いかにもプライドの高い葵らしい理由だ。結果を出さずして夢を諦めた事実が、弁護士になれなかったという現実よりも辛かったのだろう。その敗北感が全ての自信を彼から奪い、事件の忌まわしい記憶と相まって苦しめ続けてきたのだ。

葵の敗北感は、言い換えれば冬美の車椅子だった。

「麻績も、いい加減に解放されてもいい頃だぞ」

まるで心を読んだかのように、迷いの消えた顔で葵は微笑んだ。

「俺が自分の気持ちを冷静に見つめ直すことができたのは、実はおまえの妹のお陰なんだ」

「冬美が？　それ、どういう意味だ？」

二人に接点などあっただろうかと、訝しみながら冬真が尋ねる。すると、葵はじゃれ合う双子と冬美たちを慈《いつく》しむように見つめながら、思いがけないことを言った。

「少し前に、弟たちと一緒に冬美ちゃんに会いに行ったんだ。病院のリハビリセンターで、彼女のリハビリを手伝った」

「え？　冬美の奴、そんなこと一言も……」

「その頃、麻績は事件で忙しかっただろう？　話す時間なんてなかったと思う」

「そうか……」

離れて暮らしているとはいえ、これじゃ兄失格だな。そんな風に反省しつつ、自分の家族と葵たち兄弟が一緒にいる光景を想像して、冬真は満更でもない気分になった。それに、冬美にとっても楽しい時間だったのだろう。その証拠に、今日は以前よりずっとよく笑っている。葵に対しても、おかしな遠慮はなくなったようだ。

「彼女、小さな身体で一生懸命だった。平行棒に摑《つか》まって歩く練習をする時も、何度も何度も転びそうになりながら、踏ん張って顎を上げて、また前へ向かうんだ。日頃はあんなに賑やかな弟たちが、それを黙って見守っていた。手に力を込めて、唇を嚙み締めて、冬美ちゃんの一歩一歩に合わせて息をするんだ。なんて強い子たちだろう、そう思った」

「……ああ」

冬真も休みの時はリハビリに付き合うので、冬美の頑張る姿は目に焼き付いている。それが悲しくもあったのだが、葵の話を聞いているうちに、不思議なほど誇らしさで満たされ始めていた。

「冬美は、自分が歩けるようになると信じている。だから、頑張れるんだよな」

「ああ。事件の恐怖は、一生忘れることができないかもしれない。でも、冬美ちゃんは歩くことで乗り越えようとしている。あの子の中に、挫折や敗北はないんだ。きっと、それが強さの秘密だと思う。木陰や陽にも、同じものを感じるよ」

「あいつら、逞しいもんなぁ」

「あの子たちには、これからも勝てる気がしないな」

そう言って葵はこちらを向き、幸せそうに笑った。冬真もつられて笑みを零し、二人で額《ひたい》をくっつけるようにして笑い続ける。傍《はた》から見たら奇妙な構図かもしれないが、今の自分たちは間違いなく幸福だった。


「辞めるのやめた？　おい、何でだよ？」

捜査本部が解散した後、何だかんだで報告書の山と闘っていた矢吹は、PCから顔を上げるなり面食らったように目を瞬かせた。あまりに間の抜けたリアクションだったが、今日は冬真が休みなので脇《わき》からツッコんでくれる人間もいない。目の前に立った葩島は、いつも優美な彼らしからぬ腕組みなんぞをして、呆れ返ったようにこちらを見下ろしてきた。

「僕の屋敷に犯人が押し入った一件、上でちょっと問題になっちゃったんだよね。誰かさんが秘密裡に動かないで、本部に応援なんか頼むから」

「そ、それは当然だろがっ。おま、命の恩人に向かってだな……」

「もちろん、僕に咎《とが》はないんだけど？　警察の体面的には、現役警察官の自宅に殺人犯人が侵入、あまつさえ人質に取られるっていう図式は……みっともないの一語に尽きる。そう言われたら反論できないじゃないか」

「体面だぁ？　アホか、おまえはっ」

　これみよがしに溜め息をつかれ、矢吹の怒りは頂点に達する。立ち上がり様に右の拳を握り締め、冷ややかな蓜島へ熱弁を振るい始めた。

「犯人の凶器がナイフだけだったから良かったものの、もし爆弾でも抱えてたら、一人二人の刑事で手におえるもんじゃなくなるじゃねぇかっ」

「ありえないこと、言わないでくれるかな」

「可能性はゼロじゃねぇぞ！」

「もし犯人が爆弾所持の素振りを見せていたら、僕が携帯を切らずにいるわけないだろう。すぐに切って通報しているよ。だけど、あの場は矢吹くんと麻績くん、二人で充分だと判断したから、あのまま通話中にしておいたんじゃないか。いくら出世は諦めたからって、それくらいは頭を働かせてほしかったな」

「な……ッ……」

　助けてやってこの言い草か。

　矢吹は口をぱくぱくさせ、蓜島のふてぶてしい態度に二の句が継げなくなる。上層部の心証が多少悪くなったからと言って、命には代えられないではないか。

「ま、君の銃の腕前が衰えてなかったのには驚いた。そこだけは認める」

「おま……蓜島……」

「矢吹くん、もう何回目かな。そういう口の利き方は改めること。査定に響くよ？」

「抜かせッ。俺はなぁ、自慢じゃねぇけどこれ以上下がりようがねぇんだよっ」

「ああ、だから相変わらずなんだ」

やれやれと苦笑され、何のことだよ、と警戒する。蔵島が意味ありげな会話をする時は、必ず裏があるに決まっていた。隙を見せてなるものかと身構えていたら、蔵島は欠片も意に介さず足元の紙袋を差し出してくる。そこにはファッションに疎《うと》い矢吹でさえ知っている、有名な海外ブランドのロゴが印刷されていた。

「な、何だよ……？」

「替えのシャツ。それ、コーヒーの染みが落ちていないようだし」

「大きなお世話だっ。第一、そんなもん貰《もら》う理由がねぇだろ」

「個人的なお礼――ということにしておいてくれるかな」

「それは建前だろ。じゃあ、本音は……」

「麻績くんのシャツ、似合っていなかったから」

「…………」

呆気《あっけ》に取られている間に、紙袋をつい受け取ってしまう。蔵島は満足したように微笑み、警視正となって初めてと言ってもいい、素直な光を眼差しに浮かべた。

「経歴に傷がついたまま、辞めるのは本意じゃないからね。しばらくおとなしくしているように言われたら、逆のこともしたくなるし。だから、当分警察は辞めないよ」

「蓜島……」

「それじゃ。あ、報告書は五時までだからね。時間厳守で」

「へ？　お、おいっ」

踵を返して歩き出す背中を、矢吹は慌てて呼び止めようとする。

彼に何を言うべきか、今度はちゃんと心に浮かんでいた。


冬真は、桜の樹の下で眠っていた。

傍らには、葵の気配。遠く近く、双子と妹たちが遊んでいる声が聞こえる。

悪夢は、もしかしたらまた見るかもしれない。うなされて、絶望して、自分を責めながら残酷な運命を呪うかもしれない。絶対に大丈夫だとは、やっぱりまだ言えないけれど、目覚めれば葵がいる。凍えた身体を抱き締め、現実へ引き戻してくれる彼の体温がある。だから、もう眠ることは怖くはない。

「冬真……冬真、寝たのか……？」

囁くように、彼の言葉が息となって頰へ触れた。冬真はこそばゆさに睫毛を震わせ、様子を窺っている葵を思い切り抱き寄せる。倒れ込んだ身体を両手で包み込み、その髪の毛に指を潜り込ませ、ありったけの想いを込めて「愛している」と伝えようと思った。

ところが。

「こら、弟たちが見るだろう」

困ったように葵が呟き、それからふと声を潜めて耳元へ唇を近づけてくる。

「続きは、おまえのマンションで」

「え?」

「陽が落ちてからな。それまで、いいお兄さんでいてくれ」

「……はい」

ああもう、と目を閉じたまま、冬真は堪え切れずに笑い出した。

俺が一番勝てない相手は、巫女でも妹でもないようだ。

葵、と愛《いと》しい名前を大事に呼ぶ。

おまえにだけは、きっと勝てない。

うちのハニーが言うことには

さてと、と暮れゆく空に向かって大きく伸びをしながら麻績冬真《おみとうま》は言った。

「暗くなってきたことだし、花見もそろそろ終了だな。葵《あおい》、これからどうする？　今日は一日休みにしてもらったんだろ？」

「どうするって、弟たちがいるからな。とりあえず神社へ戻って……」

「着替えて、俺のマンションへタッチ&ゴーでやってくる」

「…………」

間髪《かんはつ》を容《い》れずに提案すると、微妙に葵は機嫌を損ねたようだ。だが、花見をしながら「続きは、おまえのマンションで」と意味深なセリフを吐いたのは彼の方だし、今更そういう意味じゃないと言われても盛り上がった気持ちは抑えられない。

「おいおい、勘弁してくれよ。夕方になったらサヨウナラ、なんて小学生のデートでもありえないからな。まぁ、俺も冬美《ふゆみ》を送っていくから待っててもらうことになるけど」

「そこだ、問題は」

「へ？」

「考えてもみろ。神社へ帰ってまたすぐ出かけたら、目敏《めざと》い弟たちが囃《はや》し立てるのは目に見えている。想像するだけで……気まずい」

「ん、それは……まぁ……」

葵の意見も一理あるので、しばし冬真は考えた。大人二人が煩悩《ぼんのう》むきだしで頭を悩ませているとも知らず、葵の双子の弟、木陰《こかげ》と陽《ひなた》は冬真の妹である冬美の気を惹《ひ》こうとあれこれ話術を駆使しては笑わせている。仲睦《なかむつ》まじい様子は確かに微笑《ほほえ》ましいが、天使の見かけとは裏腹に双子には悪魔の尻尾《しっぽ》が見え隠れするのもまた事実だった。

「よし、俺に任せろ。いい考えがある」

「え？」

言うが早いか携帯電話を取り出した冬真に、葵が面食らって目を瞬《しばたた》かせた。濃い葡萄《ぶどう》色に染まった空の下、同じく花見に繰り出してきた人たちも次々と帰り支度を始めている。心なしか、風も冷たさを増したようだ。楽しい時間の後だけに、このまま解散となるのは誰にとっても心残りだろうが、冬真は当然おとなしく引き下がる気はなかった。

「あ、もしもし。義母《かあ》さん？　そう、今から帰ろうかと思ってるんだ。それで……」

葵兄さーん、と木陰が手を振って兄を呼んでいる。冬真が電話で話している間に、葵は仕方ないな、という風情で彼らの方へ歩いて行った。

「じゃ、そういうことでよろしく」

話はすぐにまとまり、冬真はそそくさと電話を切る。それから、何を見つけたのか桜の幹を熱心に眺めている一同の元へ駆け寄り、「帰るぞ！」と威勢よく声をかけた。

「あ、ハンサム刑事《デカ》。ほら見て、てんとう虫！」

「漢字で書くと〝天道虫〟。なんだか有難い感じがするでしょ？」

「おまえら、人の話を聞けって……」

無邪気に喜ぶ彼らの前で、視線に耐えきれなくなったようにてんとう虫が羽を広げる。そのまま星を背負った小さな虫は、風に乗ってどこかへ見えなくなった。

「行っちゃった……」

車椅子の冬美が、がっかりした声を出す。もし自由に歩けたなら、飛んでいくてんとう虫を追っていくことだってできただろう。そう思うと、異母妹のためなら何でもしてやりたい衝動にかられる。だが、できるだけ同情はせず、特別扱いをしないことこそが一番の愛情だ。

目立たぬよう息をつき、小さな頭に右手をのせて冬真は言った。

「あのな、義母さんが双子を夕食に招待したいってさ」

「え……木陰くんと陽くんを？」

「やったーっ。木陰、聞いた？」

「もっちろん。陽、僕たちいよいよご両親にご挨拶だ！」

双子はハイタッチで大はしゃぎし、葵は事態が呑《の》み込めず困惑の目を向けてくる。冬真は「してやったり」な笑みを浮かべると、先刻の電話の内容を説明した。

「俺が冬美とこいつらを連れていくから、おまえは帰っていいぞ。夜は、うちの親父が車を出すと言ってるし。そちらのご両親には、今から電話を入れとくってさ」

「でも、いきなりご迷惑なんじゃないか？」

「楽しみにしてるってよ。普段、冬美と親父の三人だけで、飯を作る張り合いがないって零《こぼ》してたからな。育ちざかりの男の子が二人もくれば、作り甲斐もあるって言ってる」

「そう……なのか……？」

冬真の下心を見抜いているだけに、すんなり納得はしかねるようだ。返事を渋る兄に気づいた木陰たちが、さささと左右から葵の腕を取り、冬美には聞こえないくらいの小さな声でこっそり葵へ囁《ささや》いた。

「まぁまぁ、ここはひとつ取り引きといこうじゃありませんか」

「葵兄さんが今夜どこへ行こうと、僕たちは目を瞑《つぶ》る用意はあるんですよ？」

「お、おまえたち……ッ」

正直な葵はたちまち赤くなり、冬真は苦笑を堪《こら》えるのに苦労する。だが、双子がこうと決めたらおいそれと引かないのは兄である彼が一番よくわかっていたようだ。がっくり肩を落とすと、不承不承「……わかった」と了承した。

「じゃあ、兄さんも同行してご挨拶だけしていく。それが礼儀というものだからな」

「えっ、それってつまり……」

「〝不束《ふつつか》な嫁ですが〟とか、言っちゃう場面だよね！」

「違う！」

思わず大声を出したせいで、何も知らない冬美がびっくりして彼らを見る。葵は慌てて笑顔を作ると、わざとらしい調子で木陰と陽の頭を交互に撫《な》でた。

「麻績、そういうわけだから悪いが……」

「いいぜ。それなら一緒に行って俺と帰って来よう。義母さんたちは引き止めるかもしれないが、ちゃんと振り切れよ？」

ご飯だ、ご飯だと冬美を囲んで浮かれる双子に、葵もしかめ面《つら》は続けられなくなったらしい。仕方がないな、と溜《た》め息《いき》をつき、今度は心の底から笑ってみせた。


「まったく……どういう風の吹き回しかと思えば」

お待たせー、とハイテンションで運ばれた肉じゃがの器を見下ろし、萉島蓮也《はいしまれんや》が苦々しい顔になる。彼の正面に座った矢吹信次《やぶきしんじ》はそんな相手の機嫌などまるきり無視で、一人美味《うま》そうにジョッキを呷《あお》った。

「うめーっ。段々、ビールが美味い季節になってきやがったな」

「俺には、そうは思えませんが。今日だって、まだ肌寒い方じゃ……」

「バカ言うな。店へ来る途中、満開の桜をあちこちで見ただろうが。あれだけで、ビールが進むってもんだよ。蓜島、いいからおまえも飲め。ほれ」

勧められても、蓜島は胡散臭《うさんくさ》げに自分のジョッキを眺めるだけだ。別にビールが嫌いなわけではないが、矢吹の意図が読めないので用心しているのだろう。

彼から「警察を辞めない」と宣言された後、矢吹は立ち去りかけた背中へ退社後の予定を訊《き》いてみた。そんな真似をしたのは、蓜島が一課へ警視正として戻ってきた日以来だ。あの時、にべもなく誘いを断り、取りつく島のない様子で課長室へ消えていった姿はまだよく覚えている。まるで見知らぬ相手に対するような態度に、少なからず傷ついたものだ。

それなのに、どういうわけか二度目の誘いに彼はついてきた。どういう心境の変化だと驚いたが、「誘っておいて驚くなんて、そっちこそ何を考えているんですか」と言われれば、確かにそうだと苦笑いをせずにはいられなかった。

「だけど、まさか居酒屋へ来るとは」

「俺が、小洒落《こじゃれ》たバーなんか知ってるわけねぇだろ」

「そういう問題ではなく……」

蓜島は、何か言いたげに顔を上げる。だが、ビールの泡で髭《ひげ》を作った矢吹を見るなり、文句をつける気力が根こそぎ削《そ》がれたようだった。

「まぁ、いいですよ。ここ、新人の頃に連れて来られましたよね。まだあるとは思わなかったな。相変わらず、通っているんですか」

ぐるりと店内を見回し、活気溢《あふ》れる空気にあてられたように目を細める。その様子は、初めて一緒に来た時と何ら変わっていなかった。矢吹はなんとなく嬉《うれ》しくなり、つくねの串を右手にニヤニヤと口を開く。

「ああ。仕事明けに、麻績を連れてきたこともある。ま、大抵は一人だけどな」

「貴方《あなた》が声をかければ、飲み仲間なんてすぐ集まるでしょうに」

「大勢で飲むのは、あんまり好きじゃねぇんだよ」

ぱくり、と串を咥《くわ》えると、蔀島はようやく少しだけ気の緩んだ顔になった。おまけに、自分では気づいていないようだが、口調がすっかり後輩に戻っている。取り澄ました物言いや居酒屋では浮きまくりの佇《たたず》まいは相変わらずだが、それは新人の時から同じだった。

「被害者の丸山《まるやま》って弁護士、犯人の供述が本当ならとんでもない野郎だな」

「……父も、彼には頭を悩ませていたようです。葵が事件に巻き込まれた時も、責任の一端は丸山さんにありました。けれど、彼が事務所の稼《かせ》ぎ頭《がしら》だったのも事実で」

「そんで、見逃してたってわけか？　けど、おまえの親父さん、人格者で通ってたろ。あんまり、らしくねぇ話だよなぁ」

「父は何も言いませんでしたが、恐らく丸山さんは狡猾《こうかつ》に立ち回っていたんだと思います。正当な理由がなければ不当解雇になりますし、事務所の責任者として波風立てず維持していくのも父の役目でしたから。多分そういう背景もあったから、俺に継いでほしいと願っていたんじゃないかと思うんです。俺も……自分が経営者に就任したら、丸山さんの動向は再調査しようと考えていました。死者に鞭《むち》打つようですが、真実は明らかにしたいと」

「そうか……」

いつの間にか、蔀島はジョッキに口をつけていた。素面《しらふ》では話せない内容だったし、現にこれまで誰にも打ち明けたことのない掛け値なしの本音だ。我に返れば気まずくなるだけなので、立て続けに三口、四口と呷り続けた。

「おいおい、大丈夫かよ。おまえ、そんなに酒強くねぇだろ」

「いつの話をしているんですか。いい加減、俺が新人だった時のことは忘れてください」

ムッと眼鏡越しに矢吹を睨《にら》み返し、唐突に彼は深々と溜め息をつく。

「ああもう。矢吹さん、俺が上司だって忘れていませんか。頭にくるな」

「そんな硬いこと言うなって。勤務時間外だろ、今」

「だったら、尚更ですよ」

「ん？」

意味不明な一言に、矢吹は呑気《のんき》に問い返す。また査定がどうしたと、お決まりのセリフが飛び出すのだろうか――そんな風に考えていたら、蔀島は意外なことを言い出した。

「上司と部下って関係でもないのに、どうして俺は貴方と居酒屋なんかに来ているんだ」

「どうしてって……そんな悔しそうに言わんでも……」

「嫌なんですよ、馴《な》れ合いみたいな付き合いは。特に、矢吹さんは……」

「俺っ？」

「けじめがないと言うか、立場がわかっていないと言うか。俺だったから良かったものの、普通は職場で上司にあんな暴言を吐いていたら、とっくに飛ばされていますよ。恩に着てください。貴方は、一生分くらい俺に借りがあるんです」

「一生って、おまえ……」

ムチャクチャな理屈で詰め寄られ、矢吹は口の中でモゴモゴと抵抗を試みる。

別に、自分だって誰彼構わず立てついているわけではないのだ。再会した鬣島があまりに別人すぎて、勝手に期待していた分、無性に腹が立った。青臭い理想を捨てずにいる、数少ない仲間だと思っていたからこそ変化が気に食わなかっただけだ。

（まぁ、所詮《しょせん》キャリアと叩き上げじゃ住む世界が違うんだけどよ）

そういう意味では、冬真という後輩がいなかったら、キャリア組に対する偏見はずっと拭《ぬぐ》えないままだったかもしれない。冬真も充分に可愛げはなかったが、彼は一般企業からの転職組で純粋な新人とは言い難《にく》かったし、それなりに筋の通った言動には納得できた。

（ただ、そのせいで何かにつけて鬣島が癇《かん》に障《さわ》ったのも事実なんだよな）

無意識に、二人を重ねてみていた部分は否めない。ごく最近まで気づかなかったが、矢吹も今なら素直に認めることができた。蔀島との距離は相変わらず感じるが、それでももう一度歩み寄ってみようかと心が動いたのも事実だ。

　もっとも、目の前の彼を見る限り、そんなことを考えているのは自分だけのような気がしないでもない。いや、きっとそうなんだろう。

「わかった、悪かったよ」

　ジョッキの残りを飲み干し、矢吹は殊勝な声を出した。

「今後は、勤務時間外におまえを誘わない。それでいいか？」

「何でそうなるんですか」

「いや、だっておまえが〝なんで俺はこんなところに〟とか言うから」

「それは……」

「はい、ほっけの塩焼きとシラス入りオムレツでーす」

　絶妙な間の悪さで、新たな料理が運ばれてくる。運んできた青年は矢吹の顔を窺《うかが》い、明るく元気よく揚げ出し豆腐を付け足した。

「矢吹さん、いつもありがとうございます！　これ、店からのサービスです」

「え？」

「店長が、〝最近、矢吹さんの連れは男前が多い〟って感心してましたよ。女性客が喜ぶから、これからもじゃんじゃん連れてきてくれって」

「おい、俺は無視かよっ」

一人で通っている時は、こんなサービスなど受けたことがない。理不尽な思いにかられて突っかかると、青年は愉快そうに笑って引っ込んでしまった。

「……ったく客を何だと思ってんだ」

「彼も保護観察中なんですか」

他の客には聞こえないよう、声を落として蓜島が尋ねてくる。矢吹が控えめに頷《うなず》くと、彼は些《いささ》か意外そうな顔をして、こちらをジッと見つめ返してきた。

「ここで働いていた立花佳史《たちばなよしふみ》があんな事件を起こして、少なからずこの店も迷惑を被《こうむ》ったはずです。下手《へた》をすれば、客足が遠のいて潰《つぶ》れていたかもしれない」

「ああ、それでさっき驚いてたのか。事件の影響なんざ、微塵《みじん》も感じねぇだろ？」

「そうですね。流行《はや》っているようで安心しました。……でも、同じ境遇の青年をまた雇っているとはさすがに思わなかった。それだけは、正直びっくりです」

「そうかぁ？　真面目で働きもんだし、身元引受人もしっかりした人だぞ」

サービスの揚げ出し豆腐を突《つつ》きながら答える矢吹に、蓜島は毒気が抜けたような溜め息を聞かせる。それは、不思議なくらい先刻とはまったく音色が違っていた。

「大方、矢吹さんが店長に頼み込んだんでしょう？」

「…………」

「知っていますよ。貴方が少年課の刑事と特に仲が良くて、出所した青少年の更生に手を貸しているってことは。でも、よく首を縦に振らせましたね」

「そりゃ、本人の努力の賜物《たまもの》だろ。俺は、試しに三日間でいいから使ってみてくれって言っただけだよ。いくらこっちが熱を入れようが、本人にやる気がなきゃどうしようもねぇからな。蓜島、おまえだって同じだよ」

「え……」

いきなり自分へ話を振られ、蓜島の表情が微《かす》かに強張《こわば》る。

「俺が……彼らと同じだって言うんですか。いくら何でも……」

「そうじゃねぇよ。おまえに俺を使う気がなくなったんなら、そこまでだって話だ」

「…………」

箸を動かす手をふと止めて、矢吹は蓜島の家で犯人に威嚇《いかく》射撃をした時のことを思い出していた。あの時「俺に命令しろ」と叫んだが、蓜島がどんな顔でそれに応《こた》えたのか見損ねてしまった。だから、今もって彼の真意はわからない。今夜、誘ってみたのもそれを確かめたかったせいもあった。

——だが。

「矢吹さんは、本当に何もわかってないですね」

とことん呆《あき》れたと言わんばかりに、心外なセリフが返ってくる。

「わ、わかってないって何をだよ」

「俺が、一年近くも麻績くんを一課に留《とど》めているのは何故《なぜ》だと思っているんですか」

冷ややかな眼差《まなざ》しは、少しのごまかしも許しそうになかった。だが、生憎《あいにく》と矢吹にはまるきり質問の意図が摑《つか》めない。葩島が同じキャリア組の冬真を子飼いにしたがっているという噂は聞いているが、改まって訊かれると違うのかという気もしてきた。

「やっぱり、貴方は全然ダメだな」

答えに詰まっていると、これみよがしに腕を組み、眉間《みけん》に皺《しわ》を寄せて葩島が言う。

「もういいです。ビールのお代わり、頼みますか？」

「お、おう。じゃ、おまえも……」

「俺は日本酒にします。なんだか、酔いたくなってきました」

「マジかよ……」

何が気に障ったのか知らないが、明らかに機嫌が悪そうだ。

矢吹は戦々恐々としながら、先ほどの青年に酒の追加を頼んだ。


実家へ双子と冬美を送り届け、冬真は葵と念願の二人きりで帰途についた。だが、運転している間に、このまま真っ直《まっす》ぐマンションへ帰るのは、なんとなく勿体《もったい》ないような気もしてくる。かといってドライブするような時間はなく、試しに「飯でも食ってくか」と切り出してみた。多忙なうえ、休みもなかなか合わないせいで、自分たちは一緒にどこかへ出かける機会が圧倒的に少ない。誰にも邪魔されずイチャつきたい気持ちもなくはないが、花見の余韻をまだ少し楽しんでいたかった。

「居酒屋？　でも、麻績は運転が……」

「平気。酒は飲まないから。そこさ、素朴だけど飯もけっこう美味いんだ。矢吹さんの行きつけなんだけど、一度葵も連れていきたいと思ってた」

「……立花佳史が働いていた店だろう？」

困惑気味に葵は呟《つぶや》き、しばらく考え込む。まずったかな、と思ったが、冬真はあえて黙って返事を待つことにした。佳史に殺されかけた葵からすれば、彼を連想する場所にはなるべく近づきたくないに違いない。

けれど、ずっと逃げて生きていくことができないなら、少しずつ良い記憶で上書きしていきたいと冬真は思っていた。葵は地味めな外見に反して勝ち気なので、何かを怖れる自分を許せない傾向がある。それならば、その性格を逆手に取るのも一つの方法だ。

一分ほど熟慮した結果、葵は踏ん切りをつけたようだ。そこに行こう、と言った声音に迷いがないのを感じ、冬真は店の近くのコインパーキングへ車を走らせた。

「あれ？　矢吹さん……と蓜島課長？」

居酒屋の自動扉が開いた次の瞬間、思いもかけないコンビが目に飛び込んできた。

窓際のテーブル席で日本酒を酌《く》み交わしているのは、紛《まぎ》れもなく警視庁一課きっての犬猿の仲と評判の二人だ。冬真は目を疑ったが、矢吹は酔いに上気した顔で機嫌よくこちらへ手を振ってきた。

「よう、麻績じゃねぇか。なんだ、禰宜《ねぎ》さんも一緒か！」

「な、何やってるんですか、お二人で」

「何って、捜査会議でもしているように見える？」

慌てて近づいた冬真の問いに、矢吹に比べるとまったく平常と変わりない蓜島が涼やかな笑みを浮かべる。彼は冬真の後ろから来た葵へちらりと視線を走らせると、微笑の輪郭を更に濃くして口を開いた。

「こんばんは。葵も一緒だったのか」

「蓜島さん……」

「先日は、連絡をありがとう。君が事務所へ来てくれないのは非常に残念だよ」

「……すみません。でも、俺は禰宜として生きていくと決めたんです」

恐縮する葵は、それでも落ち着き払った態度で答えている。すっかり吹っ切れているのがわかり、冬真は内心心強く思った。今の葵の心境で弓を構えたら、きっと皆中《かいちゅう》だって出せるに違いない。

だが、蓜島の返事は意外なほど拍子抜けするものだった。

「いいんだ、気にしないで」

「でも」

「実は、こちらの事情もちょっと変わってね。こちらから誘っておいて申し訳ないんだけど、僕もしばらく今の職場に残ることにしたんだよ。父の事務所は当面の間、副所長の先生に面倒をみてもらうことになった」

「そうなんですか？」

驚きのあまり、冬真は思わず葵と声を揃《そろ》えてしまう。蓜島は一瞬呆気《あっけ》に取られていたが、すぐにくすくすと笑いだした。

「うん、そうだよ。麻績くんなら、とっくに耳へ入れているかと思ったけど」

「そんな、俺、そこまで情報通じゃありませんよ」

「そうかな。まぁ、とにかくもうしばらくは君たちの上司でいるから。で、この際なので矢吹くんとも親睦《しんぼく》を深めようかと思って」

「…………」

さすがに、そこまでは鵜呑《うの》みに出来ない。あれだけ確執を匂わせておきながら、一足飛びに「親睦を深める」なんて説得力がないにも程があった。しかし、そこを追求するのも野暮な気がして、冬真はひとまず納得した振りをする。何にせよ、矢吹も機嫌良さそうに飲んでいるのだから悪い会合ではないはずだ。

「麻績ぃ、蓜島はな、とんでもねぇ二重人格者だぞ」

「はい？」

皆の話をおとなしく聞いていた矢吹が、唐突におかしなことを言い出した。

「にこやかな面で笑ってやがるが、騙《だま》されんなよ。腹の中は真っ黒だ。いや、黒を通り越して……なんだ？　蓜島、おまえ黒より黒い色って何だと思う？」

「知りませんよ、そんな禅問答みたいなこと言われても」

「てめぇ、賢すぎて他人は皆バカに見えんだろ。だったら、わかれよ、それくらいっ」

明らかに、矢吹は酔っていた。泥酔というほどではないが、いつもの彼よりはずっと酒の回りが早いようだ。まだ八時前だと言うのにどれだけ飲んでいたんだろう、と訝《いぶか》しむ冬真の隣で、葵が小さく声を潜めて呟いた。

「なんだか、二人とも楽しそうだな」

「ああ、俺もそう思う」

「邪魔したら悪いから、場所を変えるか」

「そうだな。……うん、そうしよう」

もしかしたらそうは見えないだけで、蓜島も酔っているのかもしれない。何より、矢吹に対する口調がずいぶん変わっていた。内心の驚きを隠しつつ「それじゃ」と挨拶をし、回れ右でテーブルから離れようとした時だった。

「あれ？」

冬真は、矢吹の足元に紙袋が置いてあるのをふと目に留める。服装など無頓着な彼にはおよそ縁のない、海外のブランドロゴが印刷されていた。

（あのブランドは確か……）

いつだったか蓜島と話をしていた時、会話の流れでどこのメーカーを贔屓《ひいき》にしているか聞いたことがある。紙袋のブランドは、その際に蓜島が答えた中にあった名前だ。しかも、シャツの型では一番気に入っていると言っていた。

（まさか……な）

袋がブランド物だからって、中身もそうとは限らない。まして、蓜島が自分に暴言を吐きまくりの矢吹へプレゼントをする理由が不明だった。第一、ブランドのシャツを着た矢吹などまったく想像できない。

冬真は心に湧《わ》いた疑問を笑って打ち消し、まだ何か言い合っている二人を残して葵と店を出て行った。

葵と二人、せっかくなので近場で適当な店はないか探しながら歩くことにする。まだ時間は早かったのでどこも開いていそうだったが、そうなると逆に迷ってしまい、しまいには散歩しているんだか店を探しているんだかわからなくなってきた。

「なんだかなぁ。葵、腹減ってないか？」

「いや、昼の弁当がけっこう豪勢だったし。まだ、もう少しは大丈夫だ」

「そっか。じゃあ、もうちょっと歩くか」

駅前に開ける繁華街は、普段ならあまり寄りつくことのない場所だ。冬真は激務の後で寄り道する気力がないし、葵はもともと華やかな場所が得意ではない。それなのに、二人で見慣れぬ店頭のディスプレイや賑《にぎ》やかな呼び込みにあれこれ感想を言い合っているだけで、なんとなく楽しい気分になってきた。

「今更だけど、俺、本当に自分がガキに返ったみたいな気になってきた」

「何の話だ、いきなり」

ネオンが眼鏡に反射し、清廉な葵の面立ちに妙なきわどさが漂う。冬真は苦笑し、いくぶん照れ臭い気持ちで白状した。

「ほら、おまえにメアド訊くのも時間かかったし。付き合うようになってからは、いちいち想いを確認して、少しの手間も惜しまず言葉と身体の両方を目一杯使ってさ。おまけに、一緒に歩いているだけで幸せ感じたり……な？」

「な？　とか言われても。俺は、もともと誰かと付き合った経験自体が多くはないんだ。だけど、今の麻績の話を総合すると、おまえは相手の気持ちなどお構いなしで、ズルや楽をしながら恋愛をしてきたと言いたいのか？」

「そうはっきり言われると……」

「呆れた男だな。誠実さの欠片《かけら》もない」

「いや、当時はそれなりに真面目なつもりだったんだ。ただ、成人した男が恋愛中心で現《うつつ》を抜かしているなんてちょっと抵抗があったし……そういう感覚自体が、俺をスポイルしていたんだって今ならわかるけど」

出会う前のことを今言い訳してもな、と思う反面、咎《とが》められてちょっとだけ嬉しい感覚もある。自分は、つくづく葵に怒られるのが好きなようだ。初対面で叱り飛ばされた影響は、やっぱり大きいらしい。

「でも、俺だって気になるな。葵、どんな相手と付き合ってたんだろうって」

「訊いても話さないぞ」

「いや、無理やり話せとは言わないけどさ」

間髪を容れずに拒否をされ、（まぁそうだよな）と心の中で呟いた。

けれど、冬真は確かめずともわかるような気がしている。きっと葵のことだから、何度恋をしようが真《ま》っ新《さら》な気持ちでいたんだろう。唯一人を誠実に想い、不器用なほど生真面目《きまじめ》に振る舞っていたに違いない。そんな彼が選ぶ相手も、素敵な女性だったはずだ。

（……って、俺、今のって自分を間接的に褒めてないか？）

一人でニヤニヤと百面相を始めた相手を隣で葵が不気味がっていることも気づかず、冬真は楽しい夢想に耽《ふけ》る。そうこうしている間に、右手の小綺麗な雑居ビルに出ている手頃なイタリアンの看板が目に入った。

「なぁ、葵。あそこ、良さげな感じだぞ。おまえ、イタリアン食えた……」

「泥棒――ッ！」

そろそろ決めるか、と葵へ振ろうとした直前、耳をつんざく悲鳴に遮《さえぎ》られる。何事かと足を止めると、ちょうど手前のゲームセンターから若い男が物凄い勢いで往来へ飛び出してきた。右手の脇《わき》には茶色い鞄《かばん》を抱え、ちらちらと背後を振り返る。男の後から中年の男性が出てきて、蒼白な顔で「誰か捕まえてくれぇッ！」と叫んだ。

「……麻績」

「ごめん、ちょっと待ってろな」

逃げる男の進路を俊敏に塞《ふさ》ぎ、冬真は駆けてくる男を捕獲しようとする。相手は少しも走るスピードを緩めず、険しい表情で「どけぇ――ッ！」と怒鳴った。

「退《ど》くかよッ」

「うわあぁぁぁぁッ」

「麻績ッ！」

男の怒号に被さって、葵の悲痛な声が聞こえる。相手は左手にナイフを握り締めており、刃先がネオンにきらりと光った。眩《まぶ》しさに一瞬たじろぐ冬真に、まるでラグビーの試合のように、そのまま男がぶつかってくる。

「麻績——っ！」

ドン！　と鈍い衝撃音がして、冬真はアスファルトへ倒れ込んだ——と思われた次の瞬間、男の身体《からだ》だけがふわりと宙を飛んで背中から叩きつけられる。冬真は僅《わず》かに体勢を崩したものの、咄嗟《とっさ》に身をかわして鮮やかな背負い投げを決めていた。

「麻績、おまえ大丈夫かっ？」

集まる野次馬をかき分けて、葵が駆け寄ってきた。真っ青になって詰め寄る彼へ、冬真は不敵に笑いかける。

「言っただろ？　俺、柔道やってたって。一応黒帯だぞ」

「だって、ナイフが……」

「心配するな。いい加減、俺だって学習するよ」

「お……まえなぁ……」

葵を境内《けいだい》で佳史から庇《かば》った時と、年末に偶然コンビニ強盗に出くわした時の二度、冬真は犯人に刃物で刺されて入院している。特に二度目の際は葵にコンコンと説教をされ、そちらの方が犯人よりよほど怖かった。いくら怒っている葵が好きだと言っても、さすがにこれ以上同じ理由で怒らせたら縁を切られかねない。

「ま、とにかく俺は無事だから。ただ……」

続きを言い渋りつつ、冬真は地面に転がって呻《うめ》く男の手首をひねり上げた。誰かが通報したのか、直後に制服姿の警官がこちらへ走ってくる。被害者と思《おぼ》しき男性がおずおずと近寄り、路上に放置された鞄を大事そうに抱えて何度も頭を下げてきた。

「……ごめん。夕飯、遅くなりそうだ」

「やむを得ないな」

どうしました、何がありましたか、とまくしたてる警官へ、冬真は立ち上がって警察手帳を提示する。これから事件調書に協力し、あれこれ書類を書かねばならなかった。

「葵、これ」

「え？」

「先に俺のマンションへ行っててくれ。それ、おまえの鍵だから」

「俺の……って……」

意味がわからない、と言った顔をする葵へ、冬真はやれやれと苦笑いをする。

「合鍵だよ。もう少し、カッコ良く渡すつもりだったのにな」

ちぇっ、と残念がってみせると、葵は初め戸惑った様子で鍵を受け取ったが、やがていっきに緊張が解けたように「充分カッコ良かったぞ」と真顔で返事をしてきた。

冬真の帰宅は十一時近くになり、結局は葵が用意したナポリタンを二人で食べた。食べ損なったイタリアンの埋め合わせかと思うと、なんだかその気遣いが無性に可愛い。お陰で冬真はすっかり気分を盛り返し、シャワーを浴びるのもそこそこに葵をベッドへ誘った。

「ん……く……」

長い一日を反芻《はんすう》するように、火照《ほて》った肌を丁寧に愛撫する。

一糸纏《まと》わぬ裸体を隙間なく絡《から》み合わせると、僅《わず》かな動きから生まれる刺激が、組み敷いた葵の身体をすぐさま熱く燃え上がらせていった。

「う……ふっ……んん……」

口づけた場所から潤み出す、淫《みだ》らな微熱が冬真を煽《あお》る。

甘く湿った感触は、指先で辿《たど》った形に濡《ぬ》れていくようだった。

唇を重ね、ゆっくりと啄《ついば》みながら、入り口を指で慎重にほぐしていく。抱かれるたびに敏感になっていくその場所は、冬真の指を咥えるごとに脈打ち、近づく衝撃を待ち侘《わ》びているかのようだ。健気《けなげ》に震える感覚が伝わり、冬真は愛《いと》おしさで胸が一杯になった。

「葵、今日は悪かったな。一人で待たせて」

「そん……なの、気にして……ない。それ……より……」

「んん？　それよか、早く欲しい？　そんなこと言われたら感激だな」

「ば……か、違う……ッ」

「なんだ、違うんだ。じゃあ、もう少しいいか」

「え……あぁ……っ……」

指での愛撫を続けながら、浮き出た乳首をそっと口へ含む。その途端、葵は背中を大きく反らせて声にならない吐息を零した。尖《とが》らせた舌先で転がすだけで、幾度《いくど》も身をよじる様が艶《なま》めかしい。悪戯《いたずら》に突き、吸い上げると、触ってもいないのに彼の分身が逞《たくま》しくなった。

「違うんだったら、何？」

悦《よろこ》ぶ身体が嬉しくて、冬真は尚も胸をねぶり回す。

淫靡《いんび》な水音が舌先で跳ね、その音色に葵は切なげに身悶《みもだ》えた。

「か……ぎ……」

喘《あえ》ぎの中から、葵がか細く言葉を紡ぐ。鍵？　と問い返しかけ、すぐに気がついた。

「もしかして、合鍵のことか？」

「あり……がと……って言おう……と」

「葵……」

「いろいろ……今日は、楽しかった……麻績、ありがとう……」

「…………」

薄く瞳を開き、幸せそうに笑いかけられる。上気した目元は色っぽく、囁く唇は無垢《むく》であどけなかった。相反する魅力に心を摑まれ、これ以上はとても焦《じ》らせなくなる。冬真の反応はすぐ葵も気づき、彼は受け入れやすいように、さりげなく腰を擦《こす》りつけてきた。

「おい、葵……」

「俺だって、欲しい時は……正直になる」

「…………」

「ダメか……？」

心細げに尋ねられ、そんなわけあるかと抱き締める。互いの屹立《きつりつ》する分身が、重なると同時にドクンと強くわななないた。

「愛してる、葵……」

「麻績……」

深く口づけながら、ゆっくりと侵入を試みる。すでに濡れそぼった先端は、大きな抵抗もなく葵の中へ埋め込まれていった。

「く……ぅ……」

葵が長く息を吐き、なんとか力を抜こうとする。

だが、冬真が奥まで貫こうとすると、内壁がきつく締め付けてきた。不意に甘美な刺激に襲われて、危うくそのまま達しそうになる。焦らされていたのは自分の方かと、今更ながら冬真は思い知った。

「こら……葵」

「え……？」

苦笑して嘆息すると、葵は朦朧《もうろう》とした眼差しを向けてくる。無意識にやってるのかと内心驚き、冬真は深く律動を始めた。熱い楔《くさび》を打ち込み、掻《か》き回すと、それだけで葵が激しく乱れ出す。啜《すす》り泣くような声は間断なく続き、揺れる身体に汗が滲《にじ》んでいった。

愛している――今度は、言葉にしないで囁いてみる。

だが、葵は聞こえていたかのように、冬真の背中へしがみついてきた。彼は肩甲骨《けんこうこつ》へ指を滑らせ、快感に濡れる肌を押し付けてくる。抱くたびに馴染《なじ》んできたのを感じるが、こうして快楽を共有していると、どちらがどちらの感覚かわからなくなりそうだった。

「おみ……お……み……ッ」

一際《ひときわ》声が高くなり、ひくひくと葵の分身が悶《もだ》え狂う。

好きだ、とくり返し囁きながら、冬真はぐっと強く楔を突き上げた。

合鍵は好きに使っていいからな。

そう言いはしたものの、葵の性格的に留守中に勝手に上がることはまずないだろう。そんな風に思っていた冬真だったが、もう一度軽くシャワーを浴びてきた葵は予想外のセリフで冬真を絶句させた。

「返すって、おまえさっきは〝ありがとう〟って言ってただろ」

「麻績の気持ちは嬉しいよ。でも、やっぱり今は受け取れない」

「どうして」

「持っていたら……」

愛し合った直後だけに、葵は凄絶《そうぜつ》に艶っぽい。目線一つにもどぎまぎさせられ、冬真は仕方なく彼から目を逸《そ》らして訊き直した。

「持っていたら……なんだよ？」

「際限がなくなりそうだ」

「え？」

「きっと、鍵があるのに離れて暮らしているのが辛《つら》くなる。すぐに会いたくなって、自分を律することが難しくなる。この鍵で同じ場所へ帰りたい――そう思うに決まっている」

「葵……」

「だけど、以前に麻績が言ったように、周囲へ全て打ち明けるのはもう少し時間が欲しい。俺は、禰宜として生きていくとはっきり決めたんだ。将来、神主になるためにも勉強の時間が必要だし、恋にばかり浸っているわけにはいかない」

「…………」

ごめん、と項垂《うなだ》れる気配に、慌てて冬真は視線を戻す。なんとなく、葵のこういう反応もどこかで予測していたような気がした。彼はいつでも己へ選択を強《し》いて、一つずつ選んでは道を歩いている。それは、幾つも並行してこなせない不器用な自分を知っているからだ。そうして、「俺のことは後回しでいい」と言ったのは他でもない冬真自身だった。

「正直言うと、ちょっとショックだけど」

「……すまない」

「けど、それが葵なんだもんな。受け入れるしかないか、この場合」

まいったな、と微笑み、冬真はまだ温かな葵の身体を抱き締める。葵が悩んで出した結論ならば、可能な限りは理解したかった。合鍵一つに真剣に考え込んでしまう、些《いささ》か面倒で厄介な恋人だけれど、これはもう惚《ほ》れた弱みだ。

「いいよ、これは預かっておく。でも、おまえの物だってことは忘れるなよ？」

「も、もちろんだ」

「近い将来、絶対に受け取らせるからな。その時は、嫌とは言わせないぞ？」

「……わかった」

案の定、葵は大真面目な顔で頷いた。

冬真はその唇へ軽くキスを落とし、もう一度強く力を込めて抱き締め直す。葵が神主になり、双子が巫女を卒業し――そんな時が来るのも、そう遠い未来のことではないだろう。もしかしたら、その頃の自分は東京にはいない可能性もある。

けれど、合鍵を突き返すような気丈な恋人は、きっと変わらずにここにいるだろう。

彼は抱き締める腕の中、重なり合う身体の一つ、交わる吐息の持ち主として、一緒に恋を育てていくパートナーなのだから。

「おまえが悩んだ分、愛されているって感じるよ」

「麻績……」

「これからも、よろしくな。明日も明後日も、その先もずっと」

うん、と葵が答えた。

小さく消え入りそうな声だったが、どんな楽器よりも澄んだ音だった。

あとがき

こんにちは、神奈木です。のんびりまったり続けてきました「うち巫女」シリーズも、お陰さまで三冊目となりました。ここまでお付き合いくださった方、今回が初めてだよという方、お手に取ってくださってありがとうございます。今回は、事件メインだった前作とは変わって各キャラの繋がりが中心のプロットなのですが楽しんでいただけたでしょうか。刊行を重ねるごとに、それぞれの想いや己の立ち位置など、少しずつではありますが皆が影響しあい、前向きに変化していく過程を感じていただけたら嬉しいです。

さて。以下のくだりは若干ネタバレを含みますので本編後にお読みください。

何と言いましても今回の目玉（？）は、一冊目から何やら因縁を匂わせておりました矢吹と蓜島の関係です。特に、前作ではSSにてちらりと二人の過去を書いたこともあり、たくさんの読者様から「次回は、この二人がメインですよね？」と期待に満ちた有難い感想をいただきました。私としては二人がBL的にくっつくかどうか、その辺はまだまだ段階が必要なんじゃないかな〜という気持ちでしたので、今作のみで一足飛びに受け攻めの世界へは旅立ってくれませんでしたが、少なくとも蓜島は……自覚するのも時間の問題ではないでしょうか（笑）。現時点で、すでに矢吹へ片想いなんだろうなぁと。この先、なんとか報われるといいな、なんて思いつつ、作中では大変楽しく二人の掛け合いを書かせていただきました。もともと葩島が矢吹の後輩で着任してきた頃、二人が組んで捜査する時はこんな会話をしていたんじゃないかな、なんて想像は最初からしていましたので、ようやく読者様にもその一端を読んでいただけることになって嬉しいです。また機会がありましたら、二人のその後の展開にも触れていきたいと思いますので、その時はよろしくお願いいたします。

また、本作のメインカップル、冬真と葵もいよいよ将来を誓い合う仲に（笑）。互いの仕事があまりにかけ離れているためにろくにデートもできない状況ですが、二人の絆はますます強固になっているようです。葵というキャラは私の中でも特に書きやすい受けタイプで、四角四面な精神構造も、開き直ると意外に大胆な二面性も、「葵だったらこうする」という発想がいつも無理なく出て来てくれるので実に有難いキャラです。執筆中、気分はすっかり双子の弟たちで、いろいろ彼へツッコみを入れるのが楽しかったりも。その双子も、相変わらずのノリで兄を困らせておりますが、このまま高校生とかになったら巫女はどうするんでしょうか。そして『牝犬と淫乱デート』は、本当に葵に捨てられてしまったのでしょうか。彼らの謎も深まるばかりです（ところで、今度彼らの蔵書を攫ってみようかな。けっこう、いろんなタイトルが出てきたと思うんですよね。ちなみに、私が一番好きなのは小冊子のネタで書いた『AV探偵ロリロリ子・前張りは死の予告状』です）。

今回、イラストの穂波ゆきね様にはいつもに増して大変お世話になりました。この場を借りて心からお礼を申し上げます。前作の表紙でも縮まった二人の距離が……なんて書かせていただきましたが、今回の表紙はしっとり落ち着いた中にも仄かな艶めかしさがあって、葵と冬真の関係が更に深まっていることが読者様にもより深く伝わったのではないかと思います。三冊お持ちの方は、ぜひ並べてご覧になってみてください。穂波様のイラストからは清潔感のある色気を毎回感じるのですが、今作でもカラー、モノクロ共にうっとりしました。本当に本当に、ありがとうございました。

また、担当様の「双子の詰襟姿は（イラストに）入れないと！」は名言だと思いました。いろいろお世話をかけて申し訳ありませんでした。

そして、何より最後まで読んでくださった読者様。今回もお付き合いくださり、ありがとうございました。何かありましたら、感想・ご意見などぜひお聞かせください。皆さまのご意見を参考に、次作へ生かしていきたいと思っています。全サのルチル小冊子でも「うち巫女」でちょくちょく参加させていただいていますので、そちらも良かったら見てやってくださいね（ルチル文庫6周年記念小冊子では、「うち巫女」と「やさしく殺して〜」のコラボ小説を書く予定です。矢吹、少年課の刑事さんと仲良しなもので）。

ではでは、またの機会にお会いいたしましょう——。

神奈木　智　拝

http://blog.40winks-sk.net/（ブログ）

◎違う明日がくるのなら

「あ、それはそうと……一つ、気になったことがあるんだが」

不意に、がらりと普段の調子を取り戻して葵《あおい》が顔を上げる。

これからもよろしく、と最終回のようなセリフを吐き、抱き合ってから三分後のことだ。せっかく綺麗にまとまりかけたのに、と心の中でずっこけつつ、冬真《とうま》は「どうした？」とめげずに訊《き》き返した。

「何だよ、言ってみろって。言い難《にく》いことなのか？」

「いや、間違っていたら申し訳ないんだが……なぁ、麻績《おみ》。葩島《はいしま》さんのことだけど」

「葩島さん？」

いきなり話題が飛んだので、さすがに声がひっくり返る。どうしてこの場に葩島の名前が出てくるのか、さっぱり状況がわからなかった。しかし、葵は意に介さず冬真の目を見返すと、まるで重要な機密事項を口にするような面持《おもも》ちで言った。

「あの人、ひょっとして矢吹《やぶき》さんのことが……」

「え？」

「…………」

「おい、葵。言いかけて止《や》めるなよ、もぞもぞするじゃないか」

「……いや、悪いがやっぱり忘れてくれ。もし間違っていたら大変だ」

おいおいおい〜っ。

またしても、心の中でツッコみを入れる。言いかけてやめるだけでもストレスなのに、矢吹の名前まで出てきた日には気になって仕方がないではないか。

だが、冬真にはわかっていた。葵がこうと決めたなら、いくら食い下がろうが無駄なことを。現に、彼は一人でさっぱりした顔をし、「なんだか腹が減ったな」などと色気の皆無な独り言を呟《つぶや》いている。

(蓜島さんは矢吹さんが……何だ？　苦手とか？　いや、そんな単純な感じじゃなかったよな。それに、今夜居酒屋で会った二人は険悪って空気でもなかったし……)

悶々《もんもん》と考えている間に、なんだか冬真は面白くなくなってきた。葵は蓜島の学生時代の後輩だし、一時は就職の面倒までみてもらった仲だ。自分の与《あずか》り知らぬところで会っていたのはつい最近のことで、あれもこれもと思い返すと嫉妬がめらめらと湧《わ》き起こってくる。

「麻績？　なぁ、蕎麦粉《そばこ》ってまだ残っていたよな？　あと中力粉と……」

「え、まさか今から蕎麦を打つ気か？」

「すぐできる。一緒に作ったんだから、知っているだろう？」

こちらの気持ちも知らず、葵はしれっとそんなことを言い出した。自分の中途半端な発言が思いも寄らぬ方向に発展しているとは、夢にも考えていない様子だ。その呑気《のんき》な態度にますます冬真は煽《あお》られ、もはや黙ってはいられなくなってきた。

「なぁ、葵」

「どうしたんだ、怖い顔をして。蕎麦も待てないのか？」

「いや、蕎麦は関係ない。ていうか、なんで夜中にいきなり蕎麦を打ち出すんだよ。明日の朝も早いんだろ？　何かコンビニまで行って……違う違う、そんな話じゃないって」

「じゃあ、何だ。言ってみろ」

負けん気が強い葵は、「勝負なら受けて立つ」と言わんばかりだ。冬真はおもむろに壁にかけたハンガーのスーツを取ると、上着のポケットからむきだしの千円札を二枚、彼の目の前へ突き出した。

「何だ？　この金で何か買ってきてほしいのか？」

「そうじゃない。これは、俺が配島さんから預かってた金だ。おまえにお茶代を返してくれと言われていた。いつ言おうか切り出しそびれていたけど、刑事が横領するわけにはいかないからな。いいか、間違いなく渡したぞ？」

「え、あ、ちょっと待て……」

「本題はここから」

いつもの葵なら、すかさず険しい顔で突っ返してきただろう。だが、冬真が何かに拗《す》ねているのは表情から察したようで、案外素直に金を受け取った。

よし、と冬真は己へ弾みをつける。

すでに、「蓜島が矢吹を」の問題は忘却の彼方《かなた》だった。

「蕎麦打ちの前に、ベッドへ行こう」

「は……？」

「もう一回やる。もう絶対におまえを抱く。だから、ベッドへ——」

最後まで言い終わらないうちに、拳骨《げんこつ》が頭の上へ振ってくる。あまりの痛さに火花が飛んだが、蕎麦粉をかけられなかっただけマシだと思えと怒鳴られた。


タクシーを呼び止め、蓜島は酔った矢吹をシートへ押し込んだ。そのまま自分は別の車を探そうとしたが、どうやら住所さえろくに言えない様子だ。運転手任せで放置するわけにもいかないので、仕方なく同乗することにした。

部下の住所くらい、頭に叩き込んである。矢吹は結婚を機に独身寮を出て、離婚した後も引っ越し先のアパートへ住み続けていた。運転手に場所を告げ、やれやれと嘆息してシートに背中を預ける。すぐ隣では、心地よさそうに目を閉じている顔があった。

とんだ夜になったな、と後悔がちらりと胸をよぎる。

居酒屋で矢吹と飲む羽目になったのも想定外だったし、冬真と葵に遭遇したのも内心決まりが悪かった。特に、冬真は自分と矢吹がけん制し合っている姿を何度も目撃している。何が起きたのかと、今頃きっと訝《いぶか》しんでいるだろう。

「……ん……」

矢吹がむにゃむにゃと何か言ったが、生憎《あいにく》と聞き取れなかった。想定外と言えば、彼がこんなに酔うのも意外ではある。蔀島の記憶にある矢吹は、ザルとは言わないまでもかなり酒には強かった。口では「おっさん」と自嘲しているが、さすがに三十五、六は急激に弱くなるような年齢ではない。

それとも、と蔀島は自身へ問いかけてみた。

自分の知っている矢吹はとっくに過去へ消えていて、単なる新人の頃の幻を追っているのかもしれない。出世とも名声とも無縁で、むしろ自ら進んで避けていて、ただひたすら犯人検挙のために全てを投げ打っている。そんなドラマに出てくるような刑事が、実在していたことの感動をまだ引きずっているだけなんだとしたら。

矢吹の凄《すご》いところは……と、胸の独白を蔀島は続けた。

私生活を犠牲にしても、彼にはひとかけらの悲愴感もないところだ。天職と定めた仕事で働けることが、嬉《うれ》しくて仕方がないという顔をしている。

（消えてなんかいない……この人は今も昔も、俺の尊敬する……唯一の刑事だ）

敏腕で鳴らし、勇名を轟《とどろ》かせ、警視総監賞を幾《いく》つも取っている。決してそんな名物刑事ではないが、矢吹は情熱を絶やすことがない。彼の正義には揺らぎがなく、大事な場面で迷うということがなかった。だから、蔀島が人質にされた時、きっぱりと言い切ることができたのだ。あらゆる溝、言い合い、すれ違い——そんな些末《さまつ》な問題を飛び越えて、彼は「俺に命令しろ！」と蔀島へ怒鳴った。あの瞬間、必死で取り繕っていた『出世ゲームに興じるキャリア』の顔が、蔀島の中で一切の意味を失った。

（つまらない結婚なんかしてくれて。お陰で、ずいぶん腹も立てたけど）

どうして、と自分でも戸惑うくらい、矢吹の結婚に蔀島は憤《いきどお》った。正直、今でも許せてはいない。矢吹が妻を娶《めと》るなら、彼に相応《ふさわ》しい、刑事の女房として理想的な女性でなくてはならないとずっと思い込んでいたのだ。だが、現実にそんな女は滅多に存在しない。だから、矢吹は一生結婚なんかしないだろうと勝手に思っていた。

時折差し込む街灯やネオンの明かりが、薄暗い車内に矢吹の寝顔を浮かび上がらせる。蔀島はしばらく彼を見つめ、これからどうしたらいいのか、と途方に暮れた。意地を張るのを止めてしまったら、明日から矢吹とどう接していいのかわからない。

（そうだ。昔とは違うんだ。俺は上司で……この人は部下だ）

早くそうなりたい、と意気込んでいたはずなのに、どこで狂ってしまったのだろう。矢吹を捜査の手足として使い、検挙率を上げられればそれで良かったはずなのに、今蔰島はまったく別のことを考えている。そんな自分を、どうしても認めたくはなかった。

「……おい」

いきなり、声がかけられた。いつの間にか、矢吹が瞳を開けている。酔っていたはずの眼《まな》差《ざ》しは、意外な鋭さを帯びて薄闇のどこかを見据えていた。

「迷うなよ、蔰島」

「え……」

「おまえが迷ったら、俺は死ぬぞ。わかってんのか？」

「…………」

「そういう仲だろ、俺たちは」

蔰島は、答えられなかった。

矢吹も、返事は期待していない風だ。

それなのに、不思議と互いが何を考えているのか手に取るようにわかった。

「道、混《こ》んでいるといいですね」

できるだけ、長くこの空間を共有できるように。

蔰島の言葉に矢吹は微《かす》かに笑い、もう一度静かに瞳を閉じた。

✦初出　うちの巫女にはきっと勝てない……………書き下ろし
うちのハニーが言うことには………………書き下ろし
違う明日がくるのなら………………………書き下ろし

神奈木智先生、穂波ゆきね先生へのお便り、本作品に関するご意見、ご感想などは
〒151-0051 東京都渋谷区千駄ヶ谷4-9-7
幻冬舎コミックス　ルチル文庫「うちの巫女にはきっと勝てない」係まで。

幻冬舎ルチル文庫

うちの巫女にはきっと勝てない

2011年6月20日　第1刷発行

✦著者　神奈木智　かんなぎ さとる

✦発行人　伊藤嘉彦

✦発行元　株式会社 幻冬舎コミックス
〒151-0051 東京都渋谷区千駄ヶ谷4-9-7
電話 03(5411)6432［編集］

✦発売元　株式会社 幻冬舎
〒151-0051 東京都渋谷区千駄ヶ谷4-9-7
電話 03(5411)6222［営業］
振替 00120-8-767643

✦印刷・製本所　中央精版印刷株式会社

✦検印廃止

ISBN978-4-344-82259-7　C0193　Printed in Japan

「幻冬舎ルチル文庫」
大好評発売中

「銀糸は仇花を抱く」
神奈木 智
イラスト
穂波ゆきね
560円（本体価格533円）
佳雨は色街屈指の大見世『翠雨楼』の売れっ子男花魁。恋人・百目鬼久弥との逢瀬を心の支えに裏看板として人気を誇っていた。だが百目鬼の見合い話の噂を聞いて動揺し上客の不興を買ってしまう。恋に惑う佳雨を心配した楼主は百目鬼を出入り禁止にする。一方、百目鬼が行方を探している骨董が、佳雨を水揚げした鍋島の手元にあることがわかり!?

発行●幻冬舎コミックス　発売●幻冬舎